일 기 日記

에세이&

일기

초판 1쇄 발행 2021년 10월 18일

지은이 황정은
펴낸이 강일우
책임편집 이진혁
조판 박아경
펴낸곳 (주)창비
등록 1986년 8월 5일 제85호
주소 10881 경기도 파주시 회동길 184
전화 031-955-3333
팩시밀리 영업 031-955-3399
        편집 031-955-3400
홈페이지 www.changbi.com
전자우편 lit@changbi.com

ⓒ 황정은 2021
ISBN 978-89-364-3858-6 03810

일 기 日記

황정은 에세이

창비

차례

일기

日
記

건강하시기를.

오랫동안 이 말을 마지막 인사로 써왔다. 불완전하고 모호하고 순진한 데다 공평하지 않은 말이라는 것을 알지만, 늘 마음을 담아 썼다. 당신이 내내 건강하기를 바랐다. 지금도 당신의 건강, 그걸 바라고 있습니다. 건강하십시오. 우리가 각자 건강해서, 또 봅시다. 언제고 어디에서든 다시.

작년 11월에 파주로 이사했다. 이 집에서는 경의중앙선 너머로 호수공원이 보인다. 직선거리로는 150여 미터밖에 떨어져 있지 않지만 철길이 가로지르고 있어 1킬로미터를 걸어야 호수공원의 일부인 소리천에 다다른다. 거기서 호수 둘레를 3킬로미터쯤 걷거나 달린 뒤 다시 1킬로미터를 걸어 집으로 돌아오면 하루에 5킬로미터쯤, 빠르면 46분, 보통은 52분, 걸으며 생각할 것이 많을 때에는 1시간 1분 정도의 산책을 할 수 있다. 그 정도로 움직이고 나면 근력운동을 하기에 적당한 상태가 된다. 데드 리프트 90개, 스쿼트 60개, 플랭크 3분을 목표로 두고 보통 2분 30초에서 단념한다을 기본 세트로 하고 푸시업도 조금씩 한다. 센 강도의 운동은 아니지만 쉽지도 않다. 어쩔 수 없어서 이런 운동을 하고 있다. 나는 소설을 쓰는 작가이고 하루 작업의 질은 대체로 원고 앞에서 버티는 시간의 양에 달렸다. 버티는 문제에 가장 큰 영향을 주는 것이 내 경우엔 척추와 디스크다. 2010년과 2011년에 앉지도 눕지도 못할 정도의 허리 디스크 질환을 겪은 뒤로 운동을 시작했다. 걷기가 가장 유효했고 지금은 네가지 근육의 도움으로 생활하고 있다. 복직근, 복횡근, 기립근, 둔근. 발음해보면 기분이 좋아지니까 한번 더 써야겠다. 복직근, 복횡근, 기립근, 둔근. 이 근육들의 도움을 받아도 하루 작업을 마치고 나면 등이 뻣뻣하고 몸이 차고 팔다리엔 감각이 없다. 책상을 떠나자마자 걸으러 나가곤 했다. 의식해서 호흡하고, 먼 것을 보고, 몸을 데우고 땀을 흘려 피를 잘 흐르게 하는 운동으로 내게 가장 유효한 것은 여전히 걷기/산책이다.

서울 모처에 살 때에는 어디를 언제 걸어도 매연을 듬뿍 들이마실 수밖에 없어 산책 대신 실내운동을 했다. 하지만 이제 '공원'이라는 주거 조건을 가지게 되었으니까. 서해랄지 한강 하구랄지, 하여간 서쪽_{출판단지 쪽이라는 것을 나는 의미심장하게 생각하고 있다}에서 불어오는 바람이 상당히 차고 매서워 나가기가 매번 쉽지 않았지만, 11월과 12월엔 그래도 거의 매일 산책이나 조깅을 했다. 1월에도 꽤 열심히 했다. 이사하자마자 발을 다쳐 운동하기에 좋은 상태는 아니었다. 발을 자주 다치는 편인데, 이번엔 발 모양이 달라질 정도의 부상이었다. 걷거나 달리면 통증을 피할 수 없었지만 그러지 않으면 다른 통증으로 읽거나 쓰기를 할 수 없으니까, 꾸준히 공원에 나갔다. 원고 노동자들은 알 것이다…… 척추질환 증상을 겪는 것보다는 발이 아픈 게 낫지 않겠습니까.

　　대구에서 코로나 확진자가 늘어난 시기에 내가 사는 주택 앞 주차장에서 사람이 쓰러졌다. 저물녘에 책을 읽다가 먼 데서 다가오는 사이렌 소리를 들었다. 가까워지는 듯했다가 금방 멀어져, 구급차가 지나갔구나, 하고 생각했는데 아래층 이웃이 전체 세대에 사진 한장과 메시지를 보내왔다. 방호복을 입은 구급대원의 뒷모습과 이제 막 구급차에 실린 사람의 발이 찍힌 사진이었다. 양말을 신은 두 발은 벌어져 있었다. 그 사진을 찍은 내 이웃은 구급차가 당도했을 때 마침 주차장에 있었거나 사이렌 소리를 듣고 일부러 나가본 모양이었다. 그는 자기가 보고 있는 것을 급히 사진으로 담은 뒤 확대하고 잘라내 공동주택 연락망에 올리고 이렇게 덧붙였다. '이 사진 올린 게 저희 옆 동 앞에서 코로나로 의심되는 한분이 갑자기 쓰러져 맥박도 없고 의식불명으로 119에 실려 갔습니다 동 여러분들 각별히 조심하십시오 구급대원은 개인정보라 말해줄 수 없다고 하는데 방역복 입고 하는 거 봐서 확실한 것 같아요 당분간 창문들 닫고 조심하시는 게 좋을 거 같습니다'.

　　이 메시지를 받은 뒤로 발 생각을 멈추지 못하고 있

다. 피구조자의 신발이 구급차에 같이 실렸는지 주차장 바닥에 남았는지 누가 챙겼는지, 아무튼 신발의 행방이라거나 공동주택 연락망에서 기척 없이 사라지는 방법 등등을 생각하기도 했지만 이상하게 그 발을 자꾸 생각하고 있다. 남의 발을. 몰라서인 것 같다. 내가 가장 모르는 것이 그 발이니까.

3월엔 공원에 가지 않았다. 대신,이라고 할 것은 아니지만 공원이 보이는 창에 책상을 붙여두고 그 앞에 앉아 책을 읽고 일기를 썼다. 광화문에도 종로에도 가지 않았다. 어린 조카들이 있는 동생 집에도 가급적 가지 않았다. 파주와 종로와 강서구에 확진자가 발생하면 동선을 확인했다. 월요일 몰리김밥가명입니다(자차), 화요일 몰리김밥(도보), 수요일 몰리김밥(도보), 금요일 몰리김밥(자차). 노출을 전혀 염두에 두지 않은 한 사람의 생활과 식사, 그런 걸 보면 그런 걸 보고 있다는 것이 민망하고 미안했다. 몰리김밥이 그 동네 맛집인가, 멍하니 생각하기도 했다. 몰리김밥 점주도 격리되었고, 확진자가 되었다면 그도 자기 일상을 고백해야 했을 것이다. 이따금 확진자의 동선이라고 공개되는 리스트를 보며 그게 작성된 과정을 상상하기도 했다. 신용카드 사용내역과 자동차 내비게이션 기록이 유용했을 테지만 일단은 확진자의 기억에서 기록은 시작되었을 것이다. 며칠간의 이동과 생활을 떠올리려고 애쓰는 그 사람을 생각했다. 확진자는…… 확진자의 동선/일상에 쏟아지곤 하는 비난을 걱정했을 테지만 한순간이라도 자신과 같은 공간에 머물렀다가 바이러스에 노출되었을지 모를 타인을 걱정하기도 했을 것이다. 집단적 트라우마가 사람들에게 남긴 흔적 중엔 그런 것도 있다고 나는 믿고 있다. 내가 확진자가 된다면, 하고 생각하는 날도 있었다. 나도 다른 사람들처럼 실은 그걸 자주 생각했다.

　해가 지면 경의중앙선 시간표를 확인해 동거인을 마중하러 갔다가 돌아왔다. 왕복 2킬로미터, 하루 25분 산책. 그밖엔 거의 나가지 않았다. 부족한 활동은 트레이닝 앱이 추천하는 플랜을 따르며 채웠다. 복직근, 복횡근, 기립근, 둔근을 단련하는 데 좋은 데드 리프트, 스쿼트, 플랭크도 빼먹지 않았다. 플랭크 2분을 버티며 근래 내 동선이 선線이라기보다는 점點이라는 것을 생각했다. 머물 수 있는 공간이 있고 바깥에 나가지 않아도 일할 수 있으니까, 내 주소지에 점으로 머물렀다.

　　내 동거인의 일상은 점일 수 없다.

　　동거인은 매일 아침 경의중앙선을 타고 서울역까지 간 다음 종로로 출근했다가 퇴근 시간대 전철을 타고 파주로 돌아온다. 광화문 일대에서 태극기집회가 열리는 주말에도 종로로 출근해 전국 각지 사람들이 수시로 드나드는 사무실에서 일하다가 승객이 가장 많은 시간대 전철을 타고 집으로 돌아온다. 동거인과 나는 동선의 길이가 다르고 만나는 사람 수도 다르지만 같은 집에서 여러가지 물품을 공유하며 살기 때문에 전염병 감염 확률이 같다고 판단하고 있다. 우리는 우리 자신의 감염 가능성을 늘 생각하고 있고, 모르는 사이에 어린 조카들에게 병을 옮길 가능성을 걱정해 각자의 조카들을 만나는 일을 줄였다. 하지만 이 글을 쓰고 있는 지금, 다섯살 아홉살 아이들을 집에서 혼자 돌보느라 지친 동생이 그 아이들을 차에 태우고 초보운전으로 자유로를 달려 이 집에 와 있다. 열흘째+일주일 더.

　　아이들을 먼저 들여보낸 뒤 커다란 여행가방을 두 손으로 밀며 들어온 동생의 얼굴은 피로로 거의 구겨져 있었다. 동생은 분홍색 싱어 재봉틀과 옥스퍼드, 리넨 천을 챙겨 와 도착한 날부터 재봉틀을 돌려 마스크를 만들었다. 그는 일주일에 닷새를 출근해 일곱시간씩 일했는데 아이들 개학이 미뤄지면서 일을 그만두었다. 4인 가족의 생활비 마련은 이제 동생의 배우자 혼자 감당할 일이 되었는데 그는 건축 자재를 생산하는 공장에 다니고 있고 이 공장엔 최근 새로운 주문이 들어오지 않아 인원을 감축한다는 소문이 돌고 있다고 한다. 내 동거인의 자매는 체육시설 휴업지원금이 지급되지 않을 정도로 작은 규모의 이런 위기에 매우 취약한 구조의 체육관을 혼자 운영하고 있는데 두달째 휴업 중이다. 지난주에 그는 일주일에 두번 그 공간에서 체육수업을 진행하는 강사에게 전화를 걸어 더는 고용을 유지하지 못할 것 같다는 소식을 전했다. 그 강사에게는 이번 달과 다음 달 수입이 없다. 동생과 동거인과 나는 사람들이 이 전염병을 동일하게 겪고 있지 않다는 이야기를 자주 한다. 바이러스엔 "국경이 없"[1]지만 "우편번호가 건강

15

상태를 결정"²⁾한다. 우리는 그 말을 얼른 알아듣는다.

　　한국은 다른 나라에 비해 이동이 자유롭지만 물리적으로든 심정적으로든 많은 사람들이 자기 집에 갇혔고 거긴 각자에게 상쾌하거나 편안하거나 안전하지 않은 공간일 수도 있을 것이다. 가족 구성원이 함께 집에 머무는 시간이 길어지면서 가정폭력이 늘어났으며 그것이 세계적 상황이라는 소식을 뉴스로 들었다. 동생은 마스크 필터로 사용할 멜트블론 부직포를 가위로 자르면서 끔찍한 이야기를 들려준다. 아랫집 남자가 말이야…… 외국으로 출장을 자주 다닌다는 그가 요즘 내내 집에 머물고 있다고 동생은 말한다. 동거인과 나는 지난 주말에 그 남자가 함께 사는 여자에게 고함을 지르기 시작했고 물건 부서지는 소리가 나더니 이윽고 파찰음도 없이 남자의 말만 외마디 소리로 니가, 니가, 니가, 니가, 하며 들려와서…… 그가 무언가를 찌르고 있다고 생각한 동생이 비명을 지르며 경찰에 신고했고 8분 만에 경찰이 왔으며 아이들은 겁먹어 한동안 소리를 내지 않고 돌아다녔다는 이야기를 듣는다. 여기 갇힌 사람들은 여기서 일어나지 않은 폭력을 여기서 함께 겪기도 한다…… 바이러스의 확산으로 우리가 여기, 지구에 갇힌 존재들이라는 것을 조금 더 선명하게 목격하는 경우도 있다. 동거인과 나는 거리에서 몰에서 전철에서 동양인이라는 이유로 공격당하는 사람들 소식을 보고 듣는다. 시드니, 멜버른, 베를린, 뉴욕, 브뤼셀…… 동거인과 내가 가본 곳도 있다. 우리는 거기에서 본 얼굴들을 생각한다. 사람들이 목구멍 안에 감추고 있던 것, 그런 것은 그렇게 일단 드러난 뒤엔, 어떻게 될까.

　혐오는 어디에나 있어. 내게도 있다. 나는 실은 많은 순간 내 이웃을 혐오하고 먹는 입을 혐오한다. 하지만 그걸 남에게 드러낼 권리가 내게는 없어. 그런 건 누구에게도 없다. 그런데 사람들은 어디에서나 그걸 한다. 어디에나 있다. 동거인과 나는 우리가 만난 사람들의 얼굴을 기억한다. 생쉴피스 성당에서, 레 되 마고 카페에서, 얼스코트 역 앞 잡화점에서, 뮌헨에서 잘츠부르크로 넘어가는 기차 안에서, 빈 시립공원에서, 어떤 도시의 브래스리와 비스트로에서 우리가 만난 사람들, 노래로 표정으로 말로 몸짓으로 혐오를 드러내면서, 혐오를 드러낼 권리가 있다고 믿는 사람들.

내 동거인은 매일 출근하는 장소에서 많은 이를 만난다. 그들 중 적지 않은 이가 미래통합당 혹은 새누리당을 여태 공화당이라고 부르는 육칠십대 남성이다. 동거인의 고용인이자 존경할 만한 이력을 갖춘 기술자인 그들은 노인을 혐오하고 장애인을 혐오하며 여성을 혐오하고 아시안을 혐오한다. "아침부터 여자가 재수없게." "저것들 냄새나고 시끄럽고." "근데 왜 우한폐렴을 굳이 코로나라고 불러? 그게 말이 돼?"

클라우디오 마그리스Claudio Magris의『다뉴브』*Danubio*, 이승수 옮김, 문학동네 2015엔 혐오를 드러내는 잔인성이 특별히 잔인한 어느 개인에게만 있는 것이 아니고 "우리 모두 안에" 있다고 말하는 페이지가 있다. 그러므로 "외적 혹은 내적 법으로 적절히 막아내지 못한다면 자신도 모르게 그 순간 약자를 찾아 난폭성을 발휘"한다는 것이다.310면 마그리스는 이것을 더 자세히 설명하려고 산드린이라는 학생과 트라니라는 선생을 자신의 기억에서 불러낸다. 동급생이 혐오스럽다는 이유로 혐오를 드러낸 산드린 학생에게 트라니

선생이 "널 탓할 수야 없지, 이게 인생이다" 하며 일단 수긍한 뒤 똑같은 방식으로 산드린에게 혐오를 드러낸 일화를 소개하며 『다뉴브』의 화자는 말한다. "그때부터 나는 힘, 지성, 어리석음, 아름다움, 비열함, 약함이란 것이, 빠르건 늦건 우리 모두에게 일어나는 상황이고 부분들이라는 것을 이해했다. 삶의 숙명이나 자신의 성격 탓으로 돌리며 이를 악용하는 사람은 한 시간이나 일 년 후 형언할 수 없는 똑같은 이유로 공격당할 것이다."311면

　　요즘은 거의 매일 일기를 쓰고 있다. 일기를 쓰면서, 문장을 쓰는 동안 쌓인 스트레스를 푼다. 소설 문장을 쓰느라고 긴장한 뇌를 이리저리 풀어준다는 느낌으로, 아무렇게나 쓴다. 하지만 어느 날엔 문득 용기가 사라지고 그런 날엔 소설도 일기도 쓸 수 없다. 그럴 땐 음악의 도움을 받는다. 다른 사람이 애써 만들어낸 것으로 내 삶을 구한다. 음악 한곡을 여덟번 열번 반복해 듣는 것이 어떻게 삶을 구할 수 있기까지 하느냐고 누군가는 물을 수도 있겠지만, 그런 일은 일어난다. 「믿을 수 없는 이야기」Unbelievable, 넷플릭

스 오리지널 2019의 두 형사, 그레이스와 캐런은 한번도 만나지 못한 마리의 삶을 본인들의 일로 돕는다. 누군가의 애쓰는 삶이 멀리 떨어진 누군가를 구한다. 그런 일은 종종 일어나며, 픽션 드라마에서나 일어나는 일도 아니다.

의료인들, 질병관리본부의 공무원들, 방역물품 제조 공장 직원들, 신중하게 움직인 확진자들, 전염병 확산을 막기 위해 각자의 방에 머물고 있는 사람들, n번방을 세상에 알린 '추적단 불꽃'의 기자들과 최초 증언자, '프로젝트 리셋ReSET'의 활동가들. 타인의 애쓰는 삶은 나와 어떻게 연결되어 있는가. 지난 몇달 동안 그것을 생각했다. 미국의 빈곤과 인도의 빈곤과 싱가포르의 이주노동자를 향한 배제와 유럽과 호주의 아시안 혐오와 미국의 파렴치한 정치와 일본의 정치적 무능은 이런 식으로 국경을 넘어 내 일상과 연결되고 만다는 것도.

2월엔 파주에 눈이 내렸다. 쌓일 만큼 내려서, 동거인이 모자를 쓰고 베란다로 나가 눈사람을 만들었다. 배구공만 한 크기로 눈 덩어리를 만든 뒤 그보다 작은 크기로 눈을 뭉쳐 그 위에 얹었다. 스카프 삼아 손수건을 목에 둘러주고 눈眼 삼을 만한 것을 찾으러 돌아다니더니 블루베리를 눈 자리에 박아두었다. 날이 풀리고 눈이 녹기 시작하자마자 눈사람의 눈은 베란다 바닥으로 굴러떨어졌다. 왠지 손댈 수 없어 내버려두었는데 당일 흔적 없이 사라졌다. 까치가 먹어치웠다고 나는 믿고 있다. 오후 2시 15분에서 45분 사이에, 베란다에 늘 들렀다 가는 까치가 있다. 매일 자기 영역을 둘러보듯 난간에 앉았다가 떠나는 그 까치를 다른 까치들 속에서도 구별할 수 있을 거라고 멋대로 생각하며 나는 그가 베란다에서 잠시 쉬어가거나 주변을 관찰하는 걸 몰래 훔쳐본다. 까치는 난간을 떠날 때 아래쪽을 향해 곧장 몸을 던진다. 가붓하게 휙. 미련도 두려움도 없어 보인다고 나는 매번 멋대로 생각한다. 사람은 그렇게 될 수 없어. 날개가 없어서,라기보다는 그 몸이 맥락으로 다른 몸과 연결되어 있으니까.

이 와중에, 4월입니다.

4월 15일은 21대 국회의원선거가 있는 날이었다. 일찍 투표를 하고 집으로 돌아와 개표 상황을 방송으로 지켜보다가 네시쯤 자려고 누웠다. 오늘이 오늘이라서 가슴 아플 사람들을 생각했다. 새벽까지 선거 결과를 지켜보고 잠자리에 들어서도 오늘이 오늘이라는 이유로 마음 아파 잠을 설친 사람들이 있을 것이다.

　그렇지 않습니까.

　사람들은 미래가 지금과 다를 거라고 말한다. 나는 미래를 잘 모르겠다. 일년 전, 육개월 전의 내가 상상하지도 못한 미래를 현재로 겪고 있다는 점을 생각하면 더 그렇다. 최근 십년 동안엔 늘 그랬다는 점을 생각해도 그렇고. 정말이지 나는 미래를 잘 모르겠다. 몰라서 자꾸 생각한다. 소설을 쓸 때에도 자주 생각하고 상상하지만, 지금 이 글을 통해 할 수 있는 이야기는 과거에 그랬고, 지금은 이렇다, 라는 정도.

　서두에 말했다시피 내 책상 앞에 앉으면 경의중앙선이 보인다. 미래를 생각하고 사람을 생각하는 일에 지쳐 다 그만두고 싶을 무렵인 다섯시 이십분, 지평행 첫차가 지나간다. 다섯시 이십팔분엔 서울역행 두번째 열차가 지나간다. 그 열차를 타고 새벽부터 어딘가를 가려는 사람들을 태우려고 기관사며 역무원이, 내가 얼굴을 모르는 누군가가 더 이른 새벽에 일을 시작했을 것이다. 달도 아직 지지 않은 새벽에 경의중앙선을 타고 내려오는 열차를 생각하는 일은 어쩐지 우주를 생각하는 일과 닮았다. 하지만 그건 우주의 일이라기보다는 사람의 일이다. 사람이 애쓴다. 저 바깥에 애쓰는 사람이 있다. 그가 지금 지나간다. 다섯시 이십분 열차가 제 시간에 선로를 달려 역에 당도할 수 있게 하는 사람들. 각자의 자리에서 그런 일을 해온 사람들. 오늘은 4월 25일이고 해는 아직 뜨지 않았고 밖은 어둡다. 책상 앞에 앉아 두번째 열차를 기다리고 있다.

　검은 새벽.

　다음 역을 향해 가는 열차의 조그맣고 밝은 창들에 바란다.

　건강하시기를.

　부디.

　　　　　　　　　　　　　　　　　　　2020년 4월.

일년

一
年

파주로 이사한 지도 일년 되었다. 코로나 상황을 일년째 겪고 있다는 이야기이자 일년째, 외출을 거의 하지 않고 있다는 이야기이기도 하다. 9월에 책을 낸 이후 인터뷰 때문에 사람을 서너번 만났는데, 지난 일년간 뭘 하며 지냈느냐는 질문을 매번 받았다. 2020년에 저는 창밖을 보며 지냈습니다.

호수공원과 경의중앙선과 3천평 규모의 공터를 면한 창 앞에 책상을 붙여두었으므로 책을 읽고 글을 쓰다가 고개를 들면 멀리 호수공원이 보인다. 그보다 가까이로 문산 방향이나 일산 방향으로 가는 열차가 이따금 보이고 바로 앞으로는 언제든 공사를 시작할 수 있도록 넓은 둑처럼 흙을 쌓아 다져둔 공터가 보인다. 내가 사는 집을 포함해, 외벽을 드라이비트로 채운 빌라들이 이 공터를 둘러싸고 있다. 반달 모양이니까 반달터라고 부르자, 나는 공터라는 말을 가급적 쓰고 싶지 않다. 초봄, 이 반달터에 '텃밭 가꾸기 사업'이라고 적힌 현수막이 걸리더니 어디서 왔는지 알 수 없는 사람들이 장비를 동원해 땅을 고르고 비료를 뿌린 뒤 뭔가를 심고 갔다. 싹이 난 뒤에 유심히 보니 감자와 옥수수였다. 감자와 옥수수는 돌보는 손길 없이 여름 내내 잘 자랐다. 한여름에 다시 사람들이 나타나 감자를 캐 갔고 옥수수는 방치되어서 계속 자라기만 하다가 어느 날 다시 나타난 장비에 몽땅 잘려 바닥에 쓰러진 채로 말라버렸다. 반달터에 옥수수며 감자를 심은 사람들은 감자를 뽑은 자리에 콩을 심고 콩이 자라 잎이 다 누레지도록 다시 내버려 두었다가 서리 내린 뒤엔 콩을 털어 갔다. 다시 쉬게 된 반달터에 개를 산책시키러 나온 동네 사람들이 들러 목줄을 풀어 개를 뛰게 하고 오줌도 싸게 두고…… 그러다 간다.

2020년 12월 13일엔 파주에 큰 눈이 내렸다. 오전에 눈을 뜨자마자 그걸 알았다. 눈이 내릴 때 들리는 소리가 있다. 눈송이들이 소리를 먹어치우며 내리는 소리, 소리라 기보다는 기척에 가까운데, 가을과 겨울 사이 이 지역에 짙 게 끼곤 하는 안개의 기척과 닮았지만 그것과는 다른 밀도 로, 눈 기척은 조금 소란하다. 일요일이니 늦잠을 자겠다는 동거인을 깨워 창 앞에 서서 눈 구경을 했다. 밤새 내렸는 지 많이 쌓여 있었다. 눈이 그치기도 전에 한 가족이 개를 데리고 나와 반달터에 쌓인 눈을 굴려 눈사람을 만들었다. 개가 무척 즐거워했고 어른과 어린이가 합심해 눈덩이를 굴린 자리엔 구불구불한 자취로 흙이 드러났다. 눈덩이에 도 흙이 섞여, 완성된 눈사람은 얼룩덜룩했는데 동거인은 그걸 보며 그렇지, 우리가 어릴 적에 만든 눈사람은 저렇게 꼬질꼬질했지 하며 좋아했다.

반달터에 쌓인 눈은 조금씩 녹았다. 반달터에 선 눈사 람은 꽁꽁 언 코어 덕분인지 반달터의 눈이 모조리 사라진 뒤에도 남아 있었는데 겉부터 눈이 녹으며 점점 홀쭉해졌 고 마지막엔 눈사람,이라기보다는 흙경단 같은 모습으로 위태롭게 서 있다가 어느 날 무너졌다. 반달터를 둘러싼 집에 사는 내 이웃들도 그 눈사람의 생몰 과정을 지켜보았을 거라고 나는 생각하기로 했다. 내 이웃들이 반달터에 두고 있는 관심을 나는 아니까. 반달터에 전에 없던 뭔가가 생기면 이웃들이 차례로 나타나 그게 뭔지를 보고 가고 나는 그걸 보고 가는 그들을 본다. 일년째 그것을 해왔다. 동거인은 작년에 이어 올해에도 베란다에 눈을 뭉쳐 작은 눈사람을 만들어두었다. 눈이 내릴 때마다 눈사람을 만들고 사진을 찍어두니 그해에 눈이 몇번 내렸는지를 셀 수 있다며 동거인은 다시 좋아했다. 2020년의 눈사람은 마스크를 쓰고 있다.

내 이웃들이 반달터에 두고 있는 관심을 나는 안다고 썼지만 실은 '아니까'라고 쓰는 데 하루를 망설였다. '안다'고 쓰거나 말해야 할 때 나는 매우 축소된다. 내가 그것을 안다고 말하는 순간 나는 내가 그걸 모른다는 것을 안다. 알아버린 것을 모르는 척, 안다고 말해야 할 때 나는 순진한 척을 하며 무언가를 단념하고 있고 그래서 안다고 말하는 것이 내게는 늘 얼마간 책임을 지는 일로 느껴진다. 그래도 나는 목포가 항구도시라는 것을 알고 그 도시 어디쯤에 서울분식이 있다는 것을 안다. 운정호수공원의 가로등들이 새벽 한시쯤 꺼졌다가 다섯시쯤 켜진다는 것을 나는 알아.

2018년 2월 6일, 테슬라의 일론 머스크Elon Musk가 최고경영자로 재직하는 '스페이스X'는 고중량 발사체 팰컨 헤비를 화성 궤도를 향해 쏘아 올렸다. 우주를 떠다닐 우주체의 머리엔 일론 머스크가 자기 아이들을 태워 다니곤 했다는 그의 중고차-텔사 로드스터가 실렸고, 인간의 우주복을 갖춰 입은 더미인 스타맨Starman이 운전자인 것처럼 운전석에 실렸다. 다소간 과시적인 위트를 첨가한 이 발사 과정에서 일론 머스크를 비롯해 사람들의 관심을 크게 끈 것은 보조추진체 1기와 2기가 팰컨 헤비의 도약을 돕고 지표로 귀환하는 과정이었다. 온전한 중심을 잡기도 어려워 보이는 이 길쭉한 추진체-로켓들은 똑바로 선 채 지면을 향해 내려오다가 마지막 연료를 태우며 거의 동시에 목적지에 안착했다.

그러니까 이 과정에서 내가 아는 일은 나로선 엄두도

내지 못할 정교한 계산과 측량 들이 그 과정에 있었다는 것이다. 이 장면을 뒤늦게 영상으로 보며 나는 얼떨떨했다. 팰컨 헤비는 2050년까지 인류를 화성으로 이주시키겠다는 일론 머스크의 장담을 실현하려는 목표로 스페이스X에서 개발 중인 유인우주선, 스타십Starship의 시험체이다. 인류의 화성 이주를 나는 부정적으로 생각하고 있지만, 실현 가능성을 의심하는 것은 아니고 인간이 굳이 거기까지 가서 또, 하고 걱정부터 하는 입장이지만, 이 가늘고 섬세해 보이는 추진체들이 발사체에서 분리되어 하강하다가 케이프 커내버럴 공군기지 착륙장에 각각 무탈하게 내려앉는 광경에 완전히 매혹되었다. 예외가 물론 있기는 하지만, 무언가가 혹은 누군가가 돌아오는 이야기에 나는 늘 매혹된다. 성공하지 못하는 귀환이 있다는 것을 알기 때문일 것이다. 이날 발사체에서도 코어 로켓은 목적지에 당도하지 못하고 유실되었다.

팰컨 헤비가 발사되고 거의 3년이 되어가는 오늘, 스타맨과 그의 빨간 오픈카는 우주를 향해 지붕을 오픈한 채 지구와 화성 사이에 있다. 지구와 화성에 근접했다가 멀어지고 다시 근접했다가 멀어지기를 반복하면서 태양 주변을 돌고 있다. 왕복 유인우주선의 완성을 위한 시험체라기보다는 테슬라의 주가를 위한 광고물처럼 보인다. 대기라는 필터 없이 태양광에 노출된 스타맨의 헬멧이며 로드스터의 핸들이 태양광을 받아 매우 반짝일 때마다 나는 어째선지 인간 종의 수명-필멸성mortality을 생각한다. 할 일이 너무 많아 5분 단위로 시간을 쪼개며 산다는 그 차의 차주-일론 머스크도 그걸 자주 생각할 거라고 생각하고는 한다. 심심해서 미국 대통령을 해본 것 같은 도널드 트럼프도 은근히 그걸 자주 생각할 거라고 나는 생각하고 있다.

　나는 나와 동거인의 나이를 잘 세지 않는다. 소설을 쓰는 일은 여우에 홀려 여우굴에 들어가는 일과 얼마간 닮았다. 백지를 바라보다가 한 계절, 두 계절이 훌쩍 지나가버린다. 봄비 내릴 때 책상 앞에 앉았는데 소설 한편을 마무리하고 나오니 낙엽이 떨어지는 때,라는 패턴으로 시간이 흐르는 일을 직업으로 택해 살다보니 나이를 띄엄띄엄 생각하거나 거의 생각하지 않는다. 나는 동생들이나 조카들이나 고양이들의 나이를 생각해야 할 때에나 깜짝 놀란 채로 내 나이를 생각하고 동거인의 나이를 생각한다. 여태 살아왔다, 이제 얼마나 더 살까?

인간의 DNA는 인간의 수명을 대략 38년으로 치고 있다는 뉴스[1]를 지난겨울에 읽었는데, 그건 아무래도 가혹하다. 지금 한국사회는 평균 수명이 칠십대를 넘어 백세에 가까워지고 있다고 하고, 생활에 필요한 돈을 벌기 위한 노동을 지속하기가 어려울 정도의 노화를 피할 수 없는 각 개인이 백년을 살아야 한다는 것도 가혹하지만, 38년은 아무래도 가혹하게 짧다. 38년으로 내가 내 명을 다했다면 그랬다면 에밀리 M. 댄포스Emily M. Danforth의 『사라지지 않는 여름』*The Miseducation of Cameron Post*, 다산책방 2020이나 서보 머그더 *Szabó Magda*의 『도어』*Az ajtó*, 프시케의숲 2019를 읽지 못했을 것이고 우지 호쇼칸鳳翔館의 보살상들이나 오토 바그너Otto Wagner의 우체국도 보지 못하고 태민의 'WANT' Dance Practice 영상도 보지 못했겠지요.

명을 다하다니.

수명壽命의 명命엔 타고났다는 의미가 있고 그 때문인지 나는 가끔 '수명'이나 '명'이라고 말할 때 '그 목숨이 본래 가진 길이'를 본 것처럼 말한다. 명이 다했다고 말하고, 명이 줄거나 늘었다고 말하고, (수)명을 연장하고 단축했다고 말하면서…… 하지만 지금 사람들의 명은 타고나는 것이라기보다는 구조構造되는 것이다. 어떤 사람이 재정적으로나 물리적으로 의료서비스에 얼마나 접근할 수 있는지, 어떤 노동환경에서 일하고 있는지, 혐오에 얼마나 노출되어 있는지, 어떤 형태의 가난을 겪었는지/겪고 있는지, 어떤 제도와 정책의 영향을 받으며 살고, 어떤 정책이 부재한 채로 그 부재의 영향을 받으며 사는지 등등이 전부 명命의 조건이다. 2016년 5월에는 구의역 승강장에서 일하던 19세 김군이 사망했고 같은 달, 강남역 인근 화장실에서 혐오 살인으로 이십대 여성이 사망했고 2018년 12월엔 태안 석탄화력발전소에서 이십대 노동자 김용균씨가 사망했고 2020년 9월엔 같은 발전소에서 화물노동자 A씨가 사망했고 12월 20일엔 난방이 되지 않는 포천 비닐하우스를 숙소 삼아 살던 이주노동자가 한파에 사망한 채로 발견되었고 2020년에도 방치된 채로 매 맞는 어린이들은 죽음 뒤에야 발견되는데 그것이 그들의 타고난 목숨 길이였다고 말할 수는 없다.

사람은 언제고 죽지만 누군가는 그렇게 될 수 있는 구조 때문에 당장 죽거나, 손상당한다. '그게' 가능한 구조라서.

팬데믹을 일년째 겪으면서 부쩍 이런 생각을 하고 있다. 누군가가 (팬데믹 상황에서) 어떤 노동환경에서 일하고 있는지, (팬데믹 상황에서) 어떤 형태의 가난을 겪고 있는지, (팬데믹 상황에서) 어떤 정책이 부재한 채로 그 부재의 영향을 받으며 사는지. 사람들이 일년째 목격한 바와 같이, 팬데믹은 다른 무엇보다도 한 사회의 구조를 드러내는 재난이니까.

2020년 12월 9일은 스페이스X 스타십의 또다른 시험체인 SN8이 시험비행을 마치고 착륙하는 과정에서 폭발한 날이었고 내 막냇동생이 사는 집 앞 교회에서 집단 감염의 첫 확진자가 확인된 날이었으며 서울 여의도동 국회의사당에서 국회본회의가 진행된 날이었다. 나는 이날 게스트로 팟캐스트 녹음을 하러 파주에서 여의도로 이동했다. 국회의사당 앞에는 '중대재해 기업처벌법' 제정안과 '사회적 참사 진상규명법'_{사회적 참사의 진상규명 및 안전사회 건설 등을 위한 특별법} 개정안이 국회에서 통과되기를 바라며 노숙 농성을 하고 있는 사람들이 거리를 둔 채 시위하고 있었고 인근 도로엔 경찰들이 나와 있었다. 녹음실이 있는 빌딩이 국회의사당 근처라서인지 경찰이 내게 다가와 방문 용건을 물었고 나는 녹음하러 왔다고 대답했다. 마스크를 쓴 채로 진행된 이날 녹음에선 몇가지 질문에 대답했다.

지난 일년간 무엇을 하며 지냈습니까.

2020년은 당신에게 어떤 해였습니까.

내게는 아무런 일도 일어나지 않았다. 슬라보예 지젝 Slavoj Žižek은 『팬데믹 패닉』*Pandemic!*, 강우성 옮김, 북하우스 2020에서 사람들의 "강요된 비활동" 상태를 말하면서 이 상태의 집단을 "과로하고 있는 사람들"과 "자신의 집에 격리되어 아무것도 할 수 없는 사람들"35면로 나누고 있고 그중 거의 후자에 속한 나도 일년 내내 창밖을 바라보며 지내고 있지만 아무것도 할 수 없는 것은 아니라서 이렇게, 아무런 일도 일어나지 않는 일상을 만드는 데 힘을 쓰고 있다. 내게 무슨 일이 일어나면 누군가의 분투를 늘릴 뿐이라고 생각하면서, 만나러 가지 않고 좀처럼 보러 가지 않는다.

어디로도 가지 않는다는 것을 줄곧 생각하면서 한 공간에 머무는 것은 불면과 걱정을 늘리는 일이기도 했다. 불면과 걱정으로 마음과 생각이 자꾸 졸아들 무렵, 황정아 선생이 쓴 「팬데믹 시대의 민주주의와 '한국모델'」『창작과비평』 2020년 가을호을 읽고 도움을 받았다. 황정아 선생은 한국의 방역 사례를 분석하면서 "고양되고 응축된 민주주의의 경험이 방역에 필요한 유대와 책임을 낳았"다고 말한다.28면 그는 촛불시위로 한국사회의 구성원들이 경험한 "고강도" 고양감을 "우애友愛"로 해석하고, 이 우애가 2020년 상반기 전염병 상황에서 "서로를 향한 배려와 책임, 그리고 돌봄이라는 더 부드러운 형식으로 실현"되었다고 말한다.34면 그 글을 읽으면서, 단념하지 않고 생각을 계속하는 일과 사랑愛을 계속 생각할 수 있는 마음을 생각했다.

사람들이 전염을 두려워하는 마음에는 내가 병에 걸

리는 경우를 두려워하는 마음이 있겠지만 내가 매개가 되어 남을 병에 걸리게 할 수 있다는 걱정도 있다고 믿는다. 이 걱정의 바탕은 자기가 남에게 병을 옮긴 나쁜 사람이 될 수도 있다는 두려움일 수도 있고 우애일 수도 있다. 나는 후자를 조금 더 믿고 있다. 남이 고통을 겪을까 염려하는 마음. 그게 이미 있다고 믿는다. 한국사회 구성원들은 각자의 외부에서 발생한 거대한 고통과 이미 접촉한 적이 있다. 서로가 서로의 삶에 책임이 있다는 것을 고통스럽고도 경이로운 공동의 경험을 통해 이미 배운 적이 있다. 2014년과 2016년 사이에.

그래도, 여전히.

이런 겨울을 맞기 전에는 동거인이 모는 차에 실려 드라이브를 한 날도 있었다. 북쪽으로는 1번 국도를 끝까지 달려 판문점 앞에서 유턴해 돌아왔고 남서쪽으로는 김포와 강화도를 관통해 석모도까지 갔다가 돌아왔다.

동거인과 나는 12년 전에 석모도를 처음이자 마지막으로 가보았고 그때 보고 온 것들은 『百의 그림자』민음사

2010 속 「섬」이 되었다. 그때처럼 낙가산 비탈을 따라 오르막으로 이어지는 도로를 달리며 보니 보문사의 눈썹바위에서는 무언가 공사가 진행되고 있었고 버려진 염전은 여전히 붉었으며 바다에 점점이 박힌 송전탑도 그대로였다.

12년 전에 동거인과 나는 은교씨와 무재씨처럼 배가 끊길 무렵에 길을 잘못 들었고 섬에서 나가지 못할 수도 있겠다고 걱정하며 도로를 달렸다. 마지막 배를 놓치면 섬 어딘가에 차를 세워두고 밤을 보내자고 말하면서. 석모도는 2017년에 개통된 연도교로 이제 강화도와 이어져 있다. 강화도 외포리 외포항과 석모도 석포리 선착장을 연결하는 뱃길로만 드나들 수 있었던 섬에 다리가 생겨서, 배가 끊기는 시간을 더는 걱정하지 않아도 된다. 바다 위로 높게 뜬 다리를 통해 섬을 빠져나오면서 『百의 그림자』의 마지막 장면을 생각했다.

무재 씨.

무재 씨.

걸어갈까요?

나루터로.

……이렇게 어두운데 누굴 만날 줄 알고요.

만나면 좋죠, 그러려고 가는 거잖아요.

만나더라도 무재 씨, 그 쪽도 놀라지 않을까요, 우리도 누구라서,

12년 전 어둠이 내린 섬에 은교씨와 무재씨를 남겨두고 소설을 마무리하면서 나는 그들이 누군가 만나기를 바랐고 그 뒤로도 내내 그걸 바랐다. 그들을 두고 온 것이 마음에 걸려 책을 내고도 몇년 동안 그들을 생각했고 그 밤, 그 길을 가는 두 사람을 상상했다. 하지만 이제 나는 그 길에 남겨진 두 사람을 더는 상상하지 않는다. 그들은 이제 거기 없다. 누군가가 그들을 목격했을 테니까.

2021년은 북극에서 내려온 냉기라는 한파로 시작되었다. 2021년 1월 19일은 한국에서 첫번째 코로나 확진자가 발생하고 일년째 되는 날이었다. 2020년 11월부터 이어

진 집단감염으로 사회적 거리두기는 수도권에서 몇주째 2.5단계로 유지되고 있다.

　　내게는 아무 일도 일어나지 않았다. 이 무사無事는 누군가의 분투를 대가로 치르고 받는 것이라는 생각을 종종 한다. 보건의료계 노동자들과 휴업 상태에서도 매월 임대료를 감당해야 하는 자영업자뿐만은 아닐 것이다. 오늘은 2월 1일이고, 4·16세월호참사가족협의회는 한파가 가장 심할 때부터 이어져온 청와대 앞 노숙 농성을 중단했다. 아무 일도 일어나지 않는다. 아무 일도 일어나지 않아서 숨 막히는 '말'들이 있다는 걸 아니까, 이 고요의 성질에 질식이라는 성분이 있다는 걸 아니까, 어디로도 가지 않고 이렇게 유지하는 고요가 그래도, 그래서, 나는 좀 징그럽습니다.

　　2월 3일.
　　조금 전에 반달터에선 까치가 힘겹게 날아올랐다.
　　곧 눈이 내린다고 합니다.

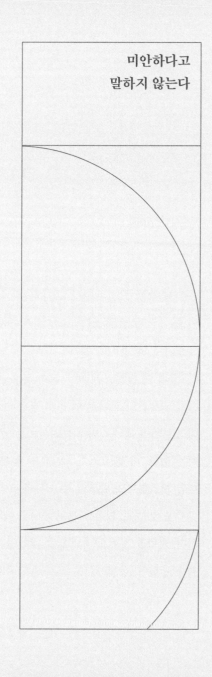

미안하다고
말하지 않는다

루시 모드 몽고메리Lucy Maud Montgomery의 『빨간 머리 앤』Anne of Green Gable을 나는 1986년 한국에서 방영된 닛폰 애니메이션 「빨강머리 앤」赤毛のアン의 작화로 기억하고 있다. 팔에 딱 달라붙은 채 손목과 목을 조이는 형태라서 어딘지 내복처럼 보이는 앤의 회색 원피스와 동그란 이마로 내려온 짧은 앞머리와 지브리식으로 변화무쌍하게 일그러지는 얼굴, 마릴라 커스버트의 갈색 원피스와 바른 자세, 매튜 커스버트의 속도와 둥근 등과 그의 입을 가리고 있는 콧수염 및 단발. 많은 이들처럼 나도 이 애니메이션을 사랑한다. 사랑할 것이 그다지 많지 않았던 유년기에 전력을 다해 사랑한 애니메이션은 그것 말고도 더 있지만, 「미래소

년 코난」이나 「태양소년 에스테반」이나 「모래요정 바람돌이」를 향한 사랑과는 완전히 다른 형태로 나는 「빨강머리 앤」을 사랑했다.

2020년에 넷플릭스를 통해 소개된 「빨간 머리 앤」Anne with an E은 애니메이션 「빨강머리 앤」을 참고한 것처럼 닮은 드라마였다. 마릴라의 식탁 차림으로 시작되는 이 드라마를 여름에 보았다. 마릴라 같은 마릴라와, 애니메이션에 등장하는 매튜보다는 더 걱정이 많아 보이지만 어쨌든 매튜 같은 매튜와, 더 레이첼 린드그린 같을 수는 없을 것 같은 레이첼이 연달아 등장할 때부터 나는 눈을 문지르고 있었다. 울 것 같다는 자각도 없이 무작정 눈물이 났다. 그리운 사람들을 다시 만난 것 같았고 오래전에 잊은 줄 알았으나 실은 좀처럼 잊지 못하고 있던 기억을 만난 것 같았다. 그 것도 그렇게 아름다운 화면으로 다시. 그린 게이블즈를 나선 매튜 커스버트가 마차를 몰아 기차역에 당도한 뒤 앤을 만나는 내용을 보면서는 이렇게 생각했다.

나 이 장면을 알아.

그리고 그 장면을 안 지 오래이며, 내가 어쨌든 자라

이제 어른이라는 것을 생각했다.

　　드라마를 보는 동안 내게 특히 좋았던 부분은 마릴라가 내면의 혼란을 드러낸 순간들이었다. 앤은 과거에 마릴라가 가져보지 못한 질문과 표현해보지 못한 분노로 마릴라와 충돌하곤 하는데 마릴라는 그때마다 당혹스럽게 자신의 과거를 돌이킨다. 그가 자기도 모르게 앤에게 날카로운 태도를 보이는 몇몇 순간들은 거의 질투로도 보였는데, 나는 그런 순간들이 좋았다. 마릴라가 마냥 완성된 어른이 아니라서 좋았고 그에게도 욕망과 원망이 있었다는 걸 생각할 수 있어 좋았다. 마릴라에게 그런 순간을 마련해준 드라마 제작자들에게 고마웠다. 그들은 앤의 첫 등장 장면을 미래만 상상하며 그린 게이블즈로 오는 중인 앤이 아니라 그린 게이블즈에 당도하기 전의 앤으로 그려낸다. 1986년에 내가 만난 앤은 캐나다 본토인 노바스코샤에서 프린스 에드워드 섬으로 건너가는 배 위에서 그리고 그보다는 매튜를 기다리던 기차역에서 꽃이 핀 벚나무를 향한 상상으로 문득 시작되었지만, 2020년에 드라마로 만난 앤은 앤이 머물던 고아원에서 겪은 학대며 해먼드씨 가정에서 겪은 착취와 고립으로 시작된다. 말하자면 앤의 기억에서.

드라마 제작진이 이것을 상상한 덕분에 나는 앤 셜리가 끊임없이 자신을 존엄한 존재로 상상하는 것, 그것만을 무기로 가진 '어린이'였을 가능성을 생각하기 시작했다.

이런 생각은 내가 사랑한 앤을 얼마간 잃는 일일 수도 있을까. "주근깨 빼빼 마른 빨강머리 앤"을 사랑한 시간 내내 앤은 내게 닮고 싶고 본받고 싶은 사람이었다. 가혹한 현실에 시달려 손상된 사람이라기보다는 상상에 상상을 거듭하며 현실 너머로 건너가는 사람이었다. 그의 상상이 현실을 밀어내며 엉뚱하게 팽창하는 순간을 나는 좋아했고, 그가 어른들 앞에서 비교적 의젓하고 무력하지 않을 수 있는 까닭이 그 상상력에 있다고 생각했다. 앤이 하는 것처럼 앤처럼, 내게도 상상력이 있다고 믿으며 상상으로 빠져들던 시간이 내게도 있었고 그 상상들 중에 무언가는 내게 도움이 되기도 했을 것이다. 나는 그가 부럽기도 했다.

앤이 "예쁘지는 않"다는 데엔 늘 동의할 수 없었지만 "사랑스"럽다는 데엔 별 이견이 없었고 "외롭고 슬프지만 굳세게 자라"고 있다는 가사를 듣는 동안엔 영문을 알 수 없다고 생각했다.[1] 앤은 외롭고 슬퍼 보이지 않았다. 앤은 본래 좋아 보였다. 앤의 세계엔 친구들이 있고 마릴라와 매튜가 있고 초록 지붕과 그 지붕 아래 자기 방이 있고 바깥을 내다볼 수 있는 창이 있었으니까.

　　호흡곤란을 일으킬 정도로 어두운 기억을 가진 2020년의 앤은 내가 알던 '본래' 앤과는 거리가 있는 사람이었다. 그러나 돌이켜 생각하면 1986년에도 앤은 마냥 사랑스러운 존재로서 그린 게이블즈에 온 것이 아니다. 커스버트 남매는 농장노동에 훈련될 인력으로, 노년에 기댈 수 있는 인력으로 자라줄 것이라는 기대를 품고 어린 남자아이를 입양하기로 결정한다. 19세기나 지금이나 사람들이 가족에 기대하는 바에는 늘 이 기대가 포함되어 있다. 커스버트 남매가 그린 게이블즈에 남자아이를 들이기로 결심한 과정은 송아지나 망아지 한마리를 농장에 들이기로 결심하는 것과도 크게 다르지 않았을 것이다. 2020년의 앤을 보고서야 이런 생각을 했다.

1986년에 내 관심사는 앤이었지만 2020년의 관심사는 그래서 마릴라와 매튜였다. 그들은 이제 내게 어떤 사람들일까. 첫번째 시즌 시청을 다 마친 시점에 말하자면, 커스버트 남매를 향한 내 사랑엔 별다른 변화가 없다. 마릴라와 매튜는 앤의 수다에 당혹스러워하면서도 그의 말을 다 듣는다. 여전히 그들은 앤의 이야기에 매료될 수 있는 어른들이고 그건 그들의 특별한 능력이자 매력이기도 하며, 앤의 삶을 생각할 때 그들은 한 생태계를 생각하는 것처럼 신중하고 조심스럽다. 1986년에도 2020년에도 그들은 앤의 어른들이고 나는 그들이 좋다.

『어린이라는 세계』김소영 지음, 사계절 2020를 읽은 뒤로 '어린이'라는 입버릇과 생각버릇을 갖추려고 노력하고 있다. 어린이를 어린이라고 부르는 것이 나도 좋다. 아이와 어린이는 다른 존재인 것 같다. 말해보면 그렇다. 어린이가 있다, 하고 말하면 거기 있는 어린이가 조금 더 또렷하게 보이고 그가 나와 조금 더 관련된 존재로 느껴진다. 이 차이는 뭘까. 어린 사람이었던 적이 나도 있으니까, 그래서일까. 모든 이가 아이를 둔 부모일 수는 없지만 누구나 어린 사람이었던 적은 있기 때문일까. 그런 것을 생각할 수 있게 되었기 때문인지 혹은 조카들이 자라는 과정을 보고 듣기 때문인지, 창작물에서든 현실에서든 어린이가 곤란을 겪거나 학대당하는 것을 견디기 어렵다. 온라인 뉴스를 눌러 보기가 두렵고, 드라마나 영화에 어린이가 등장하면 일단 긴장한다.

하지만 나는 매 맞는 형제가 등장하는 「소년」『일곱시 삼십이분 코끼리열차』, 문학동네 2008이라는 단편을 쓴 적이 있고 다시 매 맞는 형제가 등장하는 『야만적인 앨리스씨』문학동네 2013라는 장편을 쓴 적이 있다. 왜 소년들인가, 그 소설들을 생각하며 그런 생각을 한 날도 있다. 화자를 소녀小女로 두었을 때 가능해질 이야기들이 당시 내게는 가능하지 않았던 거라고 지금은 생각하고 있다. 당시에 나는 그 이야기를 서술하는 나를 일단은 보호하고 싶었을 테니까. 지금의 나는 일부러 읽지는 못할 이야기를 썼다는 것을 후회하지는 않는다. 「소년」은 화자를 끊임없이 소년少年이라고 부를 수 있다는 데 기대고 썼고 『야만적인 앨리스씨』는 내가 지금 문장 하나를 쓸 수 있다고 생각하며 쌓은 문장들의 모양에 기대어 썼다. 어찌되었든 그 이야기들을 끝까지 썼다는 점이 중요했다. 다른 무엇보다도 성장기에 내가 방치한 동생들을 향해 해야 할 이야기가 내게는 있었으니까.

잘못을 저지르면 매우 엄하게 혼났기 때문에 어릴 적 나는 내 부모를 훌륭한 사람들이라고 생각했다. '잘못'의 영역에 제한이나 기준이 딱히 없었으며 체벌의 강도나 형태가 이상하게 일그러져 있었다는 점은 어른이 되고서야 알았다. 나의 부모는 불운하고 서글픈 데다가 늘 누군가를 향한 격분 상태에 있었기 때문에 감정의 골이 깊은 사람들이기도 했고 나는 성장기 내내, 그리고 어른이 되어서도 한동안 거기서 빠져나오지 못했다. 부모 중 누군가의 요구를 들어주지 못해 전전긍긍하고 그들 각자가 스스로를 연민하는 강도로 그들을 연민하느라고 마음을 다해 애를 쓰고 그들의 기분에 따라 절망하고 기뻐하고 슬퍼하고 두려워하고 괴로워하면서, 그들의 감정을 내 감정이라고 여겼다. 그렇게 열렬히 부모를 바라보느라고 나는 어린 동생들을 살피지 못했다. 시간을 돌려 바꿔 행동할 수 있는 기회를 얻는다면 일단 그 시기로 돌아가 동생들을 돌보고 싶다. 나도 어렸으니까, 그 돌봄은 내 몫도 내 책임도 아니었다고 생각할 수도 있겠지만 내가 그렇게 생각하질 않고 그게 사실도 아닐 것이다. 나는 동생들이 겪은 시간에 책임을 느낀다. 지금의 동생들이라기보다는 당시 내 어린 동생들에게.

우리 자매의 부모는 여전히 불행하고 불운해 당신들의 감정과 삶에 가족 구성원이 모두 휩쓸리기를 바라고 있으며 마땅히 그렇게 되는 것을 화목이고 친밀이라고 여기고 있지만 나는 그런 시도들에 동의할 수 없다. 그래서 우리는 친밀한 관계가 아니다. 내가 내 부모와 친밀한 관계가 아니라고 말하면 사람들은 대개 씁쓸하거나 놀랍다는 듯한 얼굴로 그래도 부모인데 가족인데, 하고 말한다.

그래요.

그게 무슨 말인지 나도 압니다.

동거인은 요즘 뉴스를 보다가 자꾸 한숨을 쉰다.

또 죽었어.

또.

또 죽였어.

동거인과 나는 요즘 부모와 자식 간, 어른과 어린이의 관계를 두고 자주 대화를 나눈다. 자식을 벗겨 집 밖으로 쫓아내는 부모를 어떻게 생각하느냐고 나는 물었다. 동거인은 시장 근처에서 자랐는데 자기가 사는 집 근처에도 발가벗겨진 채 집밖에 서 있곤 했던 친구가 있었다고 했다.

낮에 같이 놀았는데 밤에 그러고 있어서 못 본 척했어.

그래.

애가 벗고 있어서.

그런데 당시 어른들은 자식을 왜 벗겨서 내쫓곤 했을까.

멀리 가지 말라고,라는 것이 동거인의 의견이었고 나는 그게 전권(全權)의 확인이라고 생각했다. 멀리 가지도 못하도록 벗긴 몸을 바깥에 전시하는 체벌 행위는 그 몸이 자기 것이라는 주장이라고 나는 생각하고 있다. 부모의 매질엔 늘 그런 근거가 있다. 자식(의 몸)에 대한 권리. 지금까지 내가 겪은 한국사회는 이 권리를 관습적으로도 제도적으로도 인정하고 있다. 민법에서 자녀징계권을 삭제하는 개정안이 2021년 1월에야 국회 법안심사소위원회를 허겁지겁 통과했을 정도니까 말이다.[2]

이 구조로는 학대당하는 어린이를 보호할 수 없다. 어린이가 가해 양육인들로부터 분리되어도 임시이고 잠시일 뿐이다. 자식을 부모와 분리하지 않으려는 경향이 강한 가부장적 가정질서 안에서 '아이를 빼앗겼다'고 생각한 가해 양육인은 어떻게든 빼앗긴 것을 돌려받으려고 어린이를 찾아온다. 그 몸을 돌려받으려고. 그러면 무슨 일이 벌어질까? 학대가 의심된다는 신고가 이어져도 우리의 구조는 어린이를 몇번이고 '그래도 부모이고 가족'인 양육인들에게 돌려보낸다.[3]

그래도 부모인데 가족인데.

이 말은 그래서 아무런 입장이 아니라고 나는 생각하고 있다. 그것은 의견도 생각도 마음도 아니다. 사람이 하는 모든 말이 입장이고 의견이고 생각이고 마음일 필요는 없지만, '그래도 부모이고 가족'이라는 말은 그중 어느 것도 아닐 뿐 아니라 누군가를 죽음으로 등 떠밀 수 있는, 상투적이라서 해로운 말이다. 나는 뒤늦게 발견되곤 하는 가정폭력 사망의 첫번째 원인으로 어른들의 그런 상투성을 꼽는다. 자기가 가진 것만을 헤아리는 그 게으른 태도들 때문에, 어린이가 고통 속으로 돌아가고 거기 방치된다.

거기로 돌아가거나 거기를 나와서 어린이가 자라는 데 성공한다면, 그는 무엇을 걱정하며 살까.

오래전에 내가 경험한 사업장에서는 여성 직원이 넷 일했는데 그중 세 사람이 가족, 특히 부모의 폭력을 피해 거주지를 숨기느라고 주민등록이 말소된 상태로 사는 성인 여성이었다. 부모는 주민센터만 방문해도 자식이 사는 곳을 알아낼 수 있으므로 그 여성들은 거주지 주소를 기관에 등록하지 않았다. 주민으로 등록되어 있지 않으니 통장 개설도 할 수 없고 신용카드도 만들 수 없고 의료보험을 이용할 수도 없다. 월급은 현금으로 받는데 지폐를 언제까지고 지갑이나 집에 보관할 수는 없어서 받은 즉시 써버리거나 위험을 무릅쓰고 타인의 명의로 개설된 통장을 사용한다. 사장은 부리기 쉽다는 이유로 그런 약점을 지닌 여성들만 골라 채용하고 월급도 동종 사업장에 비해 이삼십 퍼센트 덜 주고 퇴직금도 주지 않았다. 그가 고용한 여성들은 부당한 일을 당해도 항의하거나 이직을 결심하지 않았다. 그들에게는 거기가 수차례 거절을 경험한 끝에 간신히 구한 직장이었다. 다른 곳에서는 나를 채용해주지 않을 것이고, 그렇다고 구직에 이용할 수 있도록 주민등록을 살리면 주소가 노출되어 '그'가 찾아올 것이다. 어느 쪽도 선택할 수 없으니 주어진 것을 감지덕지,라며 받아들인다. 감지덕지. 사장과 그가 고용한 여성들이 그 말을 공유하는 광경을 본 적이 있고 나는 그때부터 그 말을 세상 더러운 말로 여기고 있다. 그 사업장에서 일하는 사람들은 이미 이십대였고 삼십대였지만 여전히 부모가 주장하는 '권리'에 삶이 묶여 있었다. 그들을 채용하는 과정에서 오랜 면담을 통해 그런 사정을 알아낸 사장은 그 점을 이용해 다시 그들을 자신의 사업장에 묶었다. 20여년 전 일이다.

당시에 자식은 부모가 알고자 하면 자기가 사는 곳을 숨길 방법이 없었으나 이 글을 쓰며 알아보니 지금은 한가

지 방법이 있다. '가정폭력범죄의 처벌 등에 관한 특례법'
으로 2009년에 신설된 주민등록법 제29조 제6항에 따르면
'가정폭력 피해자'는 "본인과 세대원의 주민등록표의 열람
또는 등·초본의 교부를 제한하도록 신청할 수 있"다. 이 법
에 따라 주소 열람을 제한하려면 피해자는 가정폭력 피해
자라는 것을 스스로 입증해야 하는데 그 과정에 다음 자료
들을 제출해야 한다.

> 1. 가정폭력상담소의 상담 사실확인서
> 2. 가정폭력 피해자 보호시설 입소확인서
> 3. 범죄 피해자 상담 사실확인서 또는 보호시설 입소
>   확인서
> 4. 성폭력 피해자 상담 사실확인서
> 5. 성폭력 피해자 보호시설 입소확인서
> 6. 일시지원복지시설 입소확인서 등 6종 추가
> ※ 단 1, 3, 4, 5는 의료기관이 발급한 진단서 또는 경찰
>   관서에서 발급한 가정폭력피해 사실을 소명할 수
>   있는 서류를 함께 제출하여야 함
>
> ──「2018 주민등록 질의·회신 사례집」, 행정안전부.[4]

이런 목록에서 중요한 것은 단[1],이라는 조건으로 붙은 소명 자료들일 것이다. 이건 어떻게 '하'고, '되'는 일일까. 피해자가 도움을 받을 수 있을 거라고 믿고 시설을 알아보고 찾아가고 입소해 생활하거나 상담소를 찾아가 상황과 심정을 설명하고 '경찰관서'나 '의료기관'에서 증빙서류를 뗄 수 있을 만큼의 일/폭력을 겪은 뒤엔 그 기관들을 방문해 진료를 받고 처지를 고백하고 서류를 떼고. 누군가에게는 '하면 되'는 일일 수도 있지만 지속적인 폭력에 노출된 피해자에게는 첫단계부터, 도움받을 가능성을 생각하는 단계부터 어려운 일일 수 있다. (사)한국여성의전화는 주민등록법 제29조 제6항이 가해자가 내세우는 '친권'에 휘둘려 허점을 드러내는 경우가 많다는 점을 지적하면서, 이 항에 딸린 단서조항을 없애고 상담소의 상담사실확인서만으로도 피해자가 피해를 인정받을 수 있어야 한다고 논평을 냈다.[5]

　　나는 어른들을 좋아하지 않는다.

버릇처럼 말하면서도 이유를 곰곰 생각해본 일은 드물다. 생각이라기보다는 깊게 따지고 싶지는 않은 감정의 영역이었으니까. 이 글을 쓰려고 동생들과 대화를 나누다가 우리가 어린 시절 한때 어른들을 기다린 적이 있다는 것을 알았다. 어른들이 우리를 발견하기를 바라며 견딘 밤이 우리에게도 있었다. 우리가 마당에서 골목에서 놀이터에서 등교하거나 하교하는 길에 시장길에서 늘 어른들을 보곤 했으니까 이웃에 늘 어른들이 있으니까, 그들 중 누군가는 이런 밤에 문을 두드려 무슨 일이 있느냐고 물어줄 것이다. 그런 것을 바란 밤이 우리에게 있었으나 우리는 그런 어른을 만나지 못했다. 나의 어른들은 그렇게 하지 않았지만 지금 어린이의 어른들은 다를 것이다. 어른들은 이웃에서 어린이가 울면 주의를 기울이고, 어린이가 맞고 있지는 않은지, 정신적으로 궁지에 몰려 있지는 않은지 걱정할 것이고, 주저 없이 그의 부모를 의심할 것이고, 경찰에 신고할 것이고, 최소한 공권력이 도착하는 순간까지 그 집 기척에 귀를 곤두세울 것이다. 그는 그렇게 하는 어른이 이웃에 살고 있다는 메시지가 되어줄 것이고 그다음을 궁금하게 여기는 어른이 되어줄 것이다. 폭력으로부터 분리된 어린이에게는 그 뒤에 갈 곳이 있어야 하니까, 우리의 구조에 그게 마련되어 있는지를 묻는 어른이 되어줄 것이다.

어린이가 학대를 겪다가 죽은 사건이 알려지면 어른들은 몹시 놀라며 왜 이런 일이 일어나는지, 어떻게 일어날 수 있는지를 묻는다. 부모에게 아이는 '내 것이지만 고통을 공유하지는 않는 몸'이라서 함부로 때리고 내던질 수 있는 이물異物일 수 있다. 누군가가 이것을 상상하건 하지 않건 이런 일은 일어난다. 그러니 다만 이물로서 어린이가 죽어가는 일을 막으려면 그가 사는 세계의 관습도 변해야 하고 제도도 변해야 한다. 관습을 이루는 생각을 바꾸는 일과 제도를 바꾸는 일, 둘 중 어느 쪽이 더 어렵고 시간이 걸리는 일일까. 사람들 각자가 하는 생각을 나는 알 수가 없으니, 제도가 먼저 바뀌거나 새롭게 마련되기를 바라고 있다.

일단은 법을 더 세심하게, 절차는 더 간소하게.

그러나 제도란 요구가 없는 상태에서 저절로 마련되지는 않는다. 그러니까 우리의 구조에 그걸 내놓으라고 요구해야 하지 않을까. 매번 미안하다는 손글씨 릴레이를 반복할 수는 없다. 몇년의 경험을 통해 우리가 이미 아는 바와 같이, 미안하다는 말만으로는 바뀌지 않는다.

버스정류장에서 버스를 기다리다가 막 도착한 버스에서 내리는 가족을 목격한 적이 있다. 늦은 밤이었는데 어머니는 술에 취해 소리를 지르고 있었고 어린 남매는 책가방을 등에 멘 채 겁에 질려 있었다. 정류장에 모여 있던 어른들이 나서서 보호자와 어린이들을 분리하고 경찰에 신고했다. 오빠가 격앙된 상태라서 둘을 나란히 앉히면 안 될 것 같아 동생을 따로 앉혔다. 동생은 차분했다. 이런 상황을 한두번 겪는 게 아닌 것 같았다. 목이 마르다고 하는 그에게 물을 사다 먹이고 버스정류장에 앉아 경찰을 기다렸다. 물병을 꼭 쥔 채 내내 입을 다물고 있던 그가 그럼 이제 어디로 가느냐고 내게 물었다.

부끄러워서 나는 내 대답을 여기 적을 수 없다.

"우리가 기여한 모든 것"

아우로라 모랄레스Aurora Morales는 『망명과 자긍심』*Exile and Pride*, 일라이 클레어 지음, 전혜은 외 옮김, 현실문화 2020을 추천하는 글에서 이렇게 말한다. "우리는 기꺼이 우리 자신을 알고자 하고, 우리가 기여한 모든 것을 더욱더 제대로 인식하고, 우리의 구체적이고 다층적인 삶을 바탕으로 정직하게 책임을 지고 발언해야 한다."13면

언제든 그 페이지로 돌아가려고 스티커를 붙여두었고 며칠째 그것을 생각하고 있다.

우리가 기여한 모든 것.

2월 17일.
파주엔 이틀째 바람이 많이 불고 있다.
다 날아갈 것 같아.

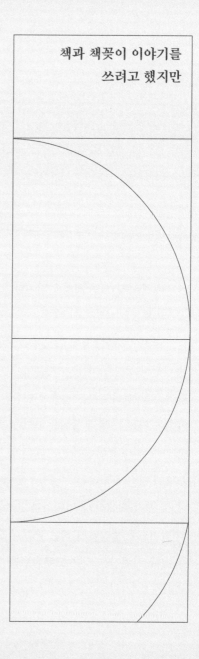

책과 책꽂이 이야기를
쓰려고 했지만

내게 가장 오랜 기억은 말이다.

파도를 기다려.

1979년 8월 모일에 그 말을 들었다. 날짜를 아는 까닭은 사진이 석장 남아 있기 때문이다. 사진관에서 인화된 사진이 두장, 폴라로이드 필름에 인화된 사진이 한장. 사진관 이름이 찍힌 사진 두장에는 1979년에 십대였던 사촌들과 만 나이로 세살 어린이였던 내가 있고 폴라로이드 사진엔 수영복 차림에 커다란 선글라스로 눈을 가린 어른들이 있다. 그 사진 속에서 내 어머니와 고모들은 쎄서미 스트리트의 빅버드를 생각나게 하는 패브릭 조각들로 덮인 수영모를 썼다. 사촌들은 검은 고무튜브를 우물 둘레처럼 쌓아두고 나를 거기 가둔 채 사방으로 튀듯 달아나고 있다. 어른 들은 웃고 사촌들도 웃고 있는데 나는 눈을 꼭 감고 울고 있다. 너무 커서 헐렁한 비키니를 입었는데 아마 사촌의 수영복을 빌려 입었을 것이다. 오렌지색과 짙은 자주색 옷감으로 대강 만든 듯한 그 비키니를 나는 기억하고 있다. 방수 기능이 없는지 물에 젖자마자 불쾌하게 피부에 붙은 채 늘어졌다. 이태리타월 같은 질감에 안감을 대지 않은 홑겹이라서, 두가지 색 원단을 이은 자리에 솟은 솔기에 살갗을 자꾸 긁혔다. 막냇동생은 태어나지도 않은 해였고 둘째 동생은 어딘가에 있었을 테지만 사진엔 없고 그날 내 기억에도 없다. 나는 오랫동안 이날, 내 기억이 시작되었다고 생각했다.

파도를 기다려.

모두 모여 바다를 등지고 서 있었으니 단체사진을 찍는 순간이었을 것이다. 어른들 중에 누군가가 그렇게 말하자 모두 고개를 돌려 바다 쪽을 보았다. 파도가 올 때까지 기다려. 가만히 바다를 보고 있는 어른들 틈에서 나도 바다를 보면서 파도, 그것을 사람과 닮았지만 사람은 아닌 생물로 상상했다. 그가 곧 저 뒤에서, 탁한 물과 거품 속에서 일어나 걸어올 거라고 생각했다. 울어서 소리를 내면 그가 곧장 내게 다가와 달라붙을 것 같아 울지도 못하고 바다를 뚫어져라 바라보았다. 그때 처음으로 세계가 열린 것처럼 소리와 색과 감정이 분명해졌으므로 나는 그 순간을 내가 시작된 순간으로 여기고 있다. 거기서 시작되었다. 파도를 기다려,라는 말로.

파도,라는 생물을 향한 공포와 혐오로.

첫 조카가 세살 되던 해 당일 일정으로 태안 학암포에 다녀왔다. 조카에게 바다를 보이고 모래도 만지게 하고 바닷물놀이도 경험하게 하려고 찾아간 해변이었는데 조카는 백사장에 발을 들이려 하지 않았다. 모래를 두려워하는 것인지 아니면 그 너머 바다를 두려워하는 것인지 바다 쪽으로, 백사장 쪽으로 조금만 이끌어도 주저앉으며 소리를 지르고 울었다. 아무래도 안 되겠다 싶어 바다에 접근하는 것은 단념하고, 물놀이를 하다가 지치면 쉬려고 예약한 숙소 테라스에 타월을 깔고 그 위에서 낮잠을 자다가 돌아왔다.

그뿐이었는데 서울로 돌아오는 차 안에서 창백한 낯빛으로 입을 벌린 채 잠든 조카를 보면서 바다를 향한 공포만 잔뜩 심어준 것은 아닌가, 걱정했고 미안했다.

둘째 조카가 세살 되던 해에 조카들을 데리고 다시 바다에 갔다. 동생이 있으니 이번엔 첫째도 잘 놀지 몰라. 그런 기대를 품고 넓은 백사장을 갖춘 야트막한 해변을 찾다가 제주도 협재를 선택했다. 조카들은 잘 놀았다. 해변으로 밀려나와 햇빛에 타 죽은 해파리를 밟았을 때에는 경악하기도 했지만 그게 뭐냐고 묻기도 하고 썰물에 드러난 바위에 달라붙은 따개비나 갯강구를 자세히 들여다보기도 하고 작은 돌이나 조개껍데기를 주머니에 모아가며 둘이 손을 잡고 바다 건너 비양도를 향해, 자꾸 바다를 향해 걸어갔다. 방금 파도가 다녀가 물을 흠뻑 먹은 모래 속에 발가락을 묻어보기도 하며 파도를 향해 걸어갔다가 돌아오고 걸어갔다가 돌아오고.

놀 만큼 놀고 노을 질 무렵 바다를 떠날 때 이번엔 둘째 조카가 샌들과 발에 묻은 모래들이 뒤늦게 생소했는지 발에 벌레가 붙었다며 자지러지듯 울었다. 생수병에 담긴

물로 발을 여러번 씻고서야 진정되었다. 2018년 늦여름이었다. 2년 하고도 반년 전 이날을 그 어린이들은 언제까지 기억할까? 조카들이 배우고 경험하는 과정을 지켜보면서 시선이나 기억의 중심이 이동하는 순간을 종종 겪는다. 이를테면 2018년 늦여름 제주 협재에서 보낸 며칠은 내가 조카들을 데리고 바다를 다녀온 날들이 아니고 조카들이 이모들이랑 엄마랑 같이 바다를 본 날들이다. 내 첫 조카에게는 두번째 바다, 둘째 조카에게는 첫번째 바다. 조카들은 그 맑고 바람 많던 날들을 기억하거나 기억하지 못할 것이다. 그러므로 여기 적은 내 기억이 훗날 그들에게 어떻게 읽힐지 나는 궁금하다. 그들은 어떤 기억으로 삶을 채울까? 무엇을 기억에 남길 만하다고 생각하고 그중에 무엇을 남들과 공유하고 자기가 가진 것과 남이 가진 것 중에 또 무엇을 두려워하고 소중하게 여기고 보호하고 공격하고 또, 어떤 적의와 혐오를 겪으며 살아갈까?

  내 최초의 감정이 하필 공포와 혐오라는 것을 기억해야 할 때가 있다. 당시 파도와 상상된 파도의 차이를 생각하면 내게 공포와 혐오란 상상된 것에 가깝다. 파도라는 생물을 상상하며 바다를 응시하던 나는 내 말랑한 몸을 보호해줄 껍데기랄 것도 없고 생존에 필요한 정보도 기술도 갖추지 못한 어린이였으므로 그때 내게는 공포와 혐오가 가장 유용히고도 쉬웠을 것이다. 파도라는 낯선 것이 내게 다가올까봐 무섭고 그것이 내게 달라붙을까봐 싫고. 공포와 혐오는 애쓰는 상태가 아니다. 그중에 혐오는 특히 그래서, 그건 지금 내게도 쉽다. 그런 감정이 내게 문득 쉬울 때, 뭔가가 누군가가 즉시 싫고 밉고 무서울 때 나는 그것이 어느 정도로 상상된 것인지, 혐오는 아닌지를 생각한다.

런던 얼스 코트 역 근처 잡화점에 물과 녹차를 사러 들른 적이 있다. 내게 필요한 물건을 찾으려고 매대 사이를 걷다가 빵을 가득 실은 수레를 밀며 지나가려는 점원을 보았다. 그는 젊고 창백한 얼굴을 한 여성이었고 가슴부터 무릎까지 내려오는 앞치마를 둘렀고 방수장화를 신고 있었다. 먼저 지나가도록 한발 물러서자 그는 내 앞으로 수레를 밀면서 저리 꺼지라고 씨발 아시안 어쩌고 하는 욕설을 나

만 들을 수 있도록 작은 목소리로 순식간에 지껄이며 지나
갔다. 빵 수레가 지나가기를 기다리며 서 있다가 그런 말을
들었다는 걸 믿을 수 없어 방금 들은 말들을 곱씹으며 멍
하니 잡화점 안을 돌아다니다가 찾던 것들을 발견하고 그
걸 계산대로 가져갔다. 물건 값을 계산하며 그를 돌아보니
그는 빵을 집게로 집어 판매대에 올리며 나를 노려보고 있
었다. 그의 혐오가 내게 확실히 전달되었는지를 확인하려
는 것 같았다.

　　오스트리아 빈 시내에 있는 가정식 식당에서 동행인
과 늦은 점심을 먹고 있을 땐 어린이를 데리고 있던 가족
이 나와 동행인이 앉은 테이블 쪽을 끊임없이 흘끔거렸다.
빈 중심부를 둥글게 잇는 링 슈트라세의 건축물들을 둘러
보느라고 네시간가량 걸은 뒤라서 우리는 다만 지친 채 샐
러드와 파스타를 먹고 있었는데 착각이라고 착각할 수도
없도록 그들은 우리를 빤히 바라보며 미간을 찌푸렸다. 도
나우 강의 지류에 바짝 붙은 작은 공원을 가로지를 땐 어
쿠스틱 기타를 치며 발라드를 부르던 백인 남성이 나와 동
행인을 향해 몸을 돌린 채 기타 줄을 뜯으며 우리가 멀어

질 때까지 팅하오, 팅하오를 반복했다.

서울시 지선버스인 6716번 버스에선 트렌스젠더 여성과 중년 여성이 다투는 순간을 본 적이 있다. 트렌스젠더 여성이 통로를 지나가느라고 지나갑니다, 실례합니다, 하고 말하며 버스 뒤쪽으로 이동하는 내내 그는 목소리와 입은 옷과 머리 모양과 체형으로 주목의 대상이 되었다. 사람들은 그의 목소리를 듣고 바라보고 지나갈 땐 돌아보고 맨 뒷좌석 근처에 손잡이를 잡고 선 그를 한번 더 보려고 고개를 돌렸다. 버스가 등촌로에서 곰달래로로 진입하려고 크게 우회전을 했을 때 트렌스젠더 여성이 몸의 중심을 잃고 바로 앞 좌석에 앉은 여성의 어깨를 왼손으로 짚었다. 그가 그 자리에 설 때부터 어깨를 움츠리며 상체를 눈에 띄게 안쪽으로 기울이고 있던 여성은 어깨를 눌리자마자 비명을 질렀고 트렌스젠더 여성이 고개를 몇번 숙이며 사과를 한 뒤에도 눌린 부분을 손으로 털어내며 그를 아래위로 훑어보았다.

트렌스젠더 여성이라고 줄곧 썼지만 그가 트렌스젠더였는지 실은 모른다. 그렇지만 그가 그렇게 보이는 몸이라서 혐오당했다는 것을 모를 수는 없다. 몸 자체가 혐오의 대상이 되는 경험은 여성인 내게도 모를 일이라거나 상상하지 못할 일은 아니다. 예컨대 나는 어떤 남성이 사람들 모인 자리에서 여성의 몸은 더럽다, 늘 분비물을 흘리고 있기 때문에,라고 내게 말하는 것을 들은 적이 있다.

소설을 쓰는 나는 이 모든 사건들 속에서 그들이 왜 그렇게 했는지를 궁금하게 여기고 그들 각자의 노동 조건이나 그가 속한 공동체의 이민사나 가족사, 그날을 전후로 그가 본 것 들은 것 읽은 것 등등을 생각해볼 테지만 이 글을 쓰는 나는 소설을 쓰는 내가 아니니까 이유가 궁금하지 않다. 이유를 생각하는 것으로 이유를 만들어주고 싶지 않아 그저 게으름을 생각할 뿐이다. 혐오라는 태도를 선택한 온갖 형태의 게으름을.

책, 오로지 책 이야기를 하려고 이 원고를 펼쳤는데 그 이야기를 쓸 수가 없다. 미얀마에서는 군대의 실탄 사격으로 사람들이 죽고 있고 한국에서는 3월 3일 저녁에 트렌스젠더 변희수 하사가 사망한 채로 발견되었다. 변희수 하사는 성전환수술을 받았다는 이유로 군에서 강제 전역된 이후로 일할 권리와 차별받지 않을 권리를 지키려고 군의 조치에 불복 투쟁을 해왔다. "민간인 사망 소식에 따로 군의 입장을 낼 것은 없다"[1]라는 대응은 변희수 하사의 권리를 마지막까지 부정하고 거절한 응답으로 그저 뉴스를 읽고 있을 뿐인 내게도 냉담하기가 이를 데 없다. 트랜스젠더 김기홍씨가 2월 24일에 죽었으니 그로부터 며칠이나 지났는지를 세다가 그만두었다. 당신들이 살아 있는 것만으로도 누군가에게는 희망이 될 수 있다고 말한 사람의 죽음[2]과 다시 싸우겠다던 사람의 죽음[3].

　　2003년 4월 27일에 인권운동가 육우당六友堂이 동성애자인권연대현재는 행동하는성소수자인권연대 사무실에서 사망한 채로 발견되었다는 소식을 보았을 때 나는 그날 아침 출근했다가 그를 발견한 사람 혹은 사람들 생각을 멈출 수 없었다. 그가 마지막으로 몸을 기댄 그 문이 안쪽으로 밀어여는 문인지 바깥으로 당겨 여는 문인지 나는 모른다. 거기 가본 적이 없으니까. 그러니까 그 문손잡이를 잡고 민/당긴 사람, 열쇠를 돌려 잠금을 풀었는데도 무게 때문에 더는 열리지 않는 문틈으로 안을 들여다보았을 그 사람을 생각하는 일을 나는 멈출 수가 없었다.

타인의 삶과 죽음을 자기 삶의 지표로 삼는 일에 나는 반대하고 있지만, 어떤 삶과 죽음은 분명 신호이자 메시지이고 그것을 신호이며 메시지로 해석할 수밖에 없는 삶은 늘 있다. 이때 발신자는 살거나 죽은 사람이라기보다는 우리가 속한 사회다. 오늘 발견된 죽음 근처에서 고립되어 취약한 상태에 있을 사람들이 이 밤과 낮을 어떻게 보내고 있을지 모르겠다.

3월 8일.

우리는 모두 잠재적 화석이다.로렌 아이슬리 『광대한 여행』, 김현구 옮김, 강 2005 이 문장이 계속 생각나 책을 찾아 다시 읽기 시작했다. 로렌 아이슬리Loren Eiseley는 높이 솟은 사암 절벽 사이로 걸어 들어갔다가 "수천만 년은 되었을"9면 절벽 절단면에 드러난 두개골을 발견한다. 그는 그 두개골과 눈이 마주친 것 같은 경험을 서술하면서 자신도 "몇 미터 위의

지질층에 사로잡혀 있는 듯한"11면 느낌이 들었다고 쓴다. 그 문장을 읽는 나도 곧 그렇게 된다. 자연의 압도적인 규모와 느린 속도와 작고 풍부한 세부를 묘사하는 로렌 아이슬리의 산문을 읽으면 지금 겪는 일들이 지나간 자리를 상상할 수 있고 허무 없이 찰나를 생각할 수 있어 좋다. 이렇게 책을 읽는 일로 산란한 마음에 거리를 둔 채 밤을 보내고 아침이 된 오늘, 이제는 전세계적인 일상용품이 된 마스크가 피에 흠뻑 젖은 채 거리에 떨어져 있는 사진을 보았다.

2008년에 사이클론 나르기스가 미얀마 남부를 휩쓸어 13만명이 넘는 인명 피해를 냈을 때 미얀마 군부는 국제기구의 구호 활동을 방해하고 원조를 거부하면서 내부적으로는 아무것도 하지 않았다.4) 오늘 내가 읽은 『재난 불평등』*The Disaster Profiteers*, 장상미 옮김, 동녘 2016에서 저자인 존 머터 John Mutter는 군부가 무능력함을 숨기려고 아무것도 하지 않았다고 지적한다. "아무것도 하지 않으면 아무 일도 할 필요가 없는 것처럼 보인다"186면라는 이유로 대규모 재난에 자국민들이 죽어가도록 내버려둔 미얀마 군부는 2021년에 다시 쿠데타를 일으켜 거리에서 총을 쏴 사람들을 죽이고 있다. 무섭지도 않은가? 사람들은 기억한다.

사람들은 온갖 것을 기억하고 기록한다. 기억은 망각과 연결되어 있지만 누군가가 잊은 기억은 차마 그것을 잊지 못한 누군가의 기억으로 다시 돌아온다. 우리는 모두 잠재적 화석이다. 뼈들은 역사라는 지층에 사로잡혀 드러날 기회조차 얻지 못한 채 퇴적되는 것들의 무게에 눌려 삭아버릴 테지만 기억은 그렇지 않다. 사람들은 기억하고, 기억은 그 자리에 돌아온다.

기록으로, 질문으로.

3월 12일.

메일에 답신으로 말을 적어 보내는 일이 어렵다. 닷새 전에 받은 메일에 보낼 답신을 오늘 썼다. 당분간 소설을 쓰지 않을 생각이라고 썼다가 지웠다. 답신을 기다리느라 시간을 들인 사람들에게 미안하다고 계속 사과를 하고 있다. 이렇게 하고 싶지 않다. 책과 책꽂이 이야기를 쓰고 싶다. 조깅을 하고 돌아왔더니 운동화 바닥에 토끼똥이 박혀 있었다는 이야기도 쓰고 싶다. 다음에 쓸 수 있을까? 먹고 싶은 것이 없고 토마토를 계속 먹고 있다. 플랭크를 중단한 지 한달 되었는데 비위를 이 정도로 잃은 게 그것 때문인 것 같다는 생각도 든다. 떡갈나무를 옮겨 심었다.

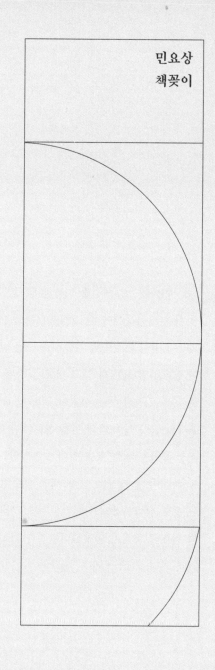

민요상
책꽂이

주기적으로 책장을 비워야 할 정도로 집에 책을 모으며 사는 사람들이야 다 그렇겠지만 무슨 제목의 책이 어느 책꽂이 어디쯤에 꽂혀 있는지를 나는 알고 있었고 어떤 책이 필요하면 헤매지 않고 바로 찾아낼 수 있었는데, 파주로 이사 오면서 책이 섞였다. 2019년 11월에 이사하자마자 출국할 일이 있어 급히 짐을 정리하는 과정에서 에라, 하고 대강 꽂아둔 채로 오늘에 이르고 말았다. 주기적으로 책장을 비워야 할 정도로 집에 책을 모으며 사는 사람들은 어느 정도 짐작하겠지만 이것은 독서, 장서 질서의 대혼란이며 컨트롤 붕괴가 발생했다는 이야기이고 자기 불신과 기만과 외면을 소소하고도 잔잔하게 이어왔다는 이야기이기도 하다. 책 정리와 재정렬은 누가 도울 수 있는 일이 아니고 시간과 품을 들일 마음을 먹고 내가 조심해서 해야 하는 일인데 그 마음을 먹기가 어려워 일년이 넘도록 내버려두고 있다. 정리하기가 비교적 간단한 세계문학 전집류를 꽂은 선반들은 그럭저럭 정돈되었지만 판형이 다양하고 전집이 드문 인문사회계열 책꽂이들의 사정이 아주 나빠서, 스테판 에셀Stephane Hessel의 『분노하라』돌베개 2011를 잃어버렸다가 '필립 볼의 형태학 3부작'사이언스북스 2014과 『소비의 역사』설혜심 지음, 휴머니스트 2017 『인정투쟁』악셀 호네트 지음, 사월의책 2011 『영속패전론』시라이 사토시 지음, 이숲 2017 『바나나』댄 쾨펠 지음, 이마고 2008 『심연으로부터』오스카 와일드 지음, 문학동네 2015가 꽂힌 선반에서 찾아냈다. 오스카 와일드가 왜 여기 있지, 하고 멍하니 생각하다가 슬슬 책꽂이 앞에서 물러났다. 책꽂이에 다가갈 일이 있을 때마다 이런 식이었다. 최근에 산 책들만 빈 선반에 가지런히 꽂아가며 나머지 선반들은 나중에, 하고 미루다 오늘이 되었다. 책을 꽂을 자리가 사라지고 있고 나는 초조하다.

책 말고 모으는 사물은 없지만 책갈피를 조금씩 모으고는 있다. 책갈피를 좋아해서가 아니고 적당한 책갈피가 드물기 때문이다. 나는 얇은 스테인리스 판을 납작한 화살촉 모양으로 자른 북다트나 라인 마커를 제외하고는 금속 책갈피를 사용하지 않는다. 도톰한 집게 모양의 책갈피나 복잡한 형태로 종이를 깨무는 클립 책갈피는 도대체 뭐하자는 사물인지 모르겠다. 그걸 종이에 끼우고, 끼우는 단계에서 이미 종이가 구겨지거나 하는데, 책을 덮으면 책 무게에 눌려 책갈피에 물린 종이가 꼬집힌 것처럼 구겨지고 앞뒤 종이에도 집게나 클립 모양으로 자국이 남는다. 오래 두지 말고 얼른 독서를 끝내면 될 일이지만 독서는 중단될 때가 많다. 내게 독서는 첫 페이지부터 마지막 페이지까지 단번에 이어지는 선형 경험이라기보다는 수시로 멈추고 어떤 지점으로 돌아가고 다른 책으로 끝없이 건너가는 방사형 경험이라서 한번 책으로 들어간 책갈피는 한참 뒤에야 그 책에서 나올 수 있거나 아예 붙들린다. 이 때문에 그런 식으로 종이를 상하게 하는 책갈피는 사용할 수 없다. 책갈피를 꽂은 채 책꽂이에 돌려두는 일도 많은 나 같은 독자가 생각하기로는 이런 용도의 사물을 왜 이런 식으로 만드는지 정말 모를 일이다.

책갈피는 그래서 가급적 종이로 된 것을 사용한다. 선택지가 많지는 않다. 비닐 코팅된 종이 책갈피는 질겨서 싫고 시시때때로 빛을 반사해 사용하지 않는다. 귀여운 그림이나 풍경이나 얼굴이나 문장이 인쇄된 것은 사용하지 않는다. 두껍거나 구멍 뚫린 금속, 나무, 가죽으로 만든 것은 사용하지 않고 가름끈이 달린 것도 사용하지 않는다. 이런저런 이유로 쇼핑몰에서 북마크나 책갈피 카테고리로 판매되는 책갈피 중에서는 사용할 수 있는 것이 별로 없어 종잇조각을 작은 상자에 모으고 있다. 책갈피로 사용하기에 적당한 종이를 발견하면 책갈피 형태로 잘라 상자에 넣고 한개씩 꺼내 사용한다. 내부 포장재나 책 띠지로 이따금 딸려 오는 유지油紙가 내가 쓰기엔 적당하고 아주 가끔은 책 내지로 사용된 한지나 색지를 잘라내기도 한다. 책갈피로 만들고 싶은 종이를 발견했는데 그게 책 내지일 때에는 출판사에 연락해 무슨 종이인지 묻고 싶은 마음이 굴뚝같지만 그런 일로 사람을 성가시게 할 수는 없으니까 내가 가진 것만 새삼 탐내며 만지작거리다가 결국 내지 한장을 훔치듯 살살 잘라내고 속이 상해버린다.

상품에 달린 꼬리표 중에 지질이 좋은 것도 적당한데 이들 꼬리표엔 대개 펀칭으로 뚫린 구멍이 있고 그 구멍은 금속 아일릿으로 마감되어 있어 비교적 빠르게 읽을 책에 꽂을 책갈피로만 사용한다. 딱딱한 아일릿이 종이를 누르면 손톱으로 꾹 누른 것처럼 자국이 남아 책 속에 오래 둘 수 없다.

최근엔 물건을 거의 사지 않아서 꼬리표 책갈피는 얼마 남지 않았다. 남은 것 중에 가장 아끼는 것은 꽃모양을 하고 있다. 히라가나로 쿄우카라 히라리 하나비라 히또쓰, 라고 적힌 이 꼬리표는 채도가 다른 분홍으로 채색된 종이 벚꽃을 세장 겹친 형태로 내가 책갈피로 보관한 지 십 년 되었고 특별한 책을 읽을 때, 특별한 책갈피를 꽂아 아끼며 읽고 싶을 때에나 나는 이걸 상자에서 꺼내 사용한다. 종이 벚꽃 세장을 한데 묶은 끈도 아주 얇은 종이 끈이라서 조심스럽게 사용해야 한다. 이런 태도는 독서 자체에도 영향을 미치고 나는 그게 좋다. 책장을 넘길 때마다 하나

비라 히또쓰를 집어 다음 갈피에 끼우고 다시 책장을 넘길 때 책갈피가 떨어지지 않도록 조심한다. 책갈피를 책에 넣기가 아쉬워 그대로 집고 있다가 그날 독서를 마친 지점에 돌려놓을 때도 자주 있다. 이런 독서는 책갈피를 그 책에서 무사히 내보내는 순간을 지표 삼아 읽는 것이라서 책갈피가 그 독서의 동행이다. 십년 동안 내가 가장 아낀 책들을 이 책갈피와 같이 읽었다. 가급적 오래 온전한 형태로 보존하며 쓰고 싶다. 십여년 전에 교토 히가시야마 자완자카로 올라가는 입구에 있던 장신구 상점에서 이것을 얻었는데 가게가 사라져 이제는 구할 수 없다.

나는 책을 빌리거나 빌려주지 않는다. 자주 만나는 사람들 중엔 책을 읽는 이가 많지 않아서 흔하게 일어나는 일은 아니지만, 누군가가 어떤 책을 빌려달라고 말하면 아예 주거나 새로 사서 건넨다. 이유가 있다. 내 집에 들렀다가 책을 빌려간 사람이 책을 접고 구겨 내게 돌려준 적이 있다. 책장을 넘길 때마다 책 가운데를 꾹꾹 눌러가며 읽었는지 표지부터 절반 넘는 분량의 책장이 돌이킬 수 없도록 왼쪽으로 접힌 채 돌아왔다. 그 책은 페이스트리처럼 부풀어 원래대로 돌아가지 않았다. 이런 일을 나는 참을 수 없다.

　　다홍이나 노랑으로 색을 넣은 유지, 혹은 진하게 색을 먹인 색지 책갈피를 책에 끼우고 한참 뒤에 보면 책갈피의 염료가 책 종이를 물들이기도 하는데 그런 것은 괜찮다. 책갈피가 거기 오래 있던 흔적이니 그림자, 잔영 같은 거라고 생각하면 오히려 즐겁다. 그러나 책 종이를 찢거나 구기거나 접는 일은 참을 수 없다. 하지만 참을 수 없다는 게 사실일까? 나는

　　이 원고를 왼쪽 정렬로 쓰고 있다. 문단 왼쪽은 가지런하지만 오른쪽은 들쭉날쭉하다. 작년까지만 해도 이런 건 참을 수 없었다. 십오년이 넘도록 왼쪽도 가지런하고 오른쪽도 가지런하게 정렬되는 양쪽 정렬로 글을 썼다. 양쪽 정렬 상태로 글을 쓰면 왼쪽에서 오른쪽으로 타이핑 하는 내내 양 방향으로 당기는 장력이 느껴진다. 최근엔 이 힘이 조금 피곤하게 느껴져서 왼쪽 정렬로 쓴다. 쓰고 보니 참지 못할 일은 아니고 내가 문장을 쓰는 호흡이 양쪽 정렬이라

기보다는 한쪽 정렬에

　　가깝

　　다는 생각도 든다. 실은 자주

　　이렇

　　게

읽거나 쓰니까.

　참을 수 없다고 생각한 일에 익숙해진 경우가 하나 더 있다. 나는 연필로 책에 줄을 긋는다. 줄을 많이 긋고 싶은 문단에는 차라리 동그라미를 그리는데 재작년까지는 이런 일에 질색하며 포스트잇 플래그 필름을 사용했다. 그걸 많이 가지고 있었다.

　와인병을 담았던 깊은 상자에 포스트잇 플래그를 모은 적이 있다. 2003년과 2005년 사이에. 수입이 생기거나 기분이 좋지 않을 때 포스트잇 플래그를 여러개 사서 와인 상자에 넣었는데 2005년에 이 상자가 꽉 찼다. 이후 15년 동안 천천히 다 써서 2019년에 상자를 비웠다. 와인 상자에서 포스트잇 플래그를 하나씩 꺼내는 일은 조금 섬뜩한 일이기도 했다. 이를테면 2019년에 상자 속으로 팔을 넣어 바닥에 남은 포스트잇을 꺼내 포장을 벗기면서 어제 만들어진 것처럼 생생한 이 상품의 제작년도가 2003년, 2002년이라는 것을 확인하게 되니까.

썩지 않는구나.

정말 썩지 않는구나, 하고 생각하며 마지막까지 포스트잇 플래그를 꺼내 쓴 뒤로는 가급적 연필로 표시를 남긴다. 꽤 분주한 주기로 깎아 써야 하는 연필을 사용하는 이유는 가볍기 때문이다.

다른 작가들의 사정은 어떨지 모르겠지만 읽고 쓰며 오늘까지 살아보니 젓가락질이 어려울 정도로 손이 아프다. 원고 마감이 다가오면 손목과 손가락에서 감각이 사라지는 동시에 시큰하고 뻐근해 두 손을 어쩌지 못하겠다. 넓은 파스로 손목과 손등을 통째로 감싼 채 소설을 쓰기도 하고 스포츠 테이핑으로 엄지와 손목 근육을 서포트도 해보지만 별 도움은 되지 않는다. 연필은 이런 고통을 겪는 산문 작가의 손목에 적당한 필기구다. 웬만한 샤프보다 가벼워 부담이 덜하고, 차갑지 않고, 게다가 언제고 닳아 없어진다. 백색 고무 지우개가 달린 연필을 몇개 사서 연필꽂이에 두고 필통에도 넣어두었다. 다시 읽고 싶은 문장을 만나면 진한 심 연필로 책에 망설임 없이 동그라미를 사악, 그리면서 나는 전에 이걸 참을 수 없었지, 하고 생각한다. 왼쪽 정렬도 참을 수 없었지. 그러니까 뭐든 익숙해지기 나름일까?

연필을 쥐고 돌아다니던 조카가 해둔 낙서를 조카가 다녀간 지 한달 만에 발견했다. 작년 이맘때 일이다. 소나무 책꽂이에 민요상이라는 이름을 적어두었다. 민요상.

민요상이 누구지?

갓 네살 된 조카가 완성된 형태로 글자를 쓸 수 있으며 그것이 자기 것도 아닌 다른 누군가의 이름이라는 게 놀랍고 신기했다. 민요상, 그가 누구냐며 어른들끼리 궁금해했다.

지울 수 없어 그 이름을 그대로 두고 먼지만 닦으며 지내다보니 흑연이 목재에 배어들어 글자가 번졌다. 마른 먼지포로 그 글자들을 살살 닦다가 최근에야 불현듯 알았다. 그 선반에 꽂힌 책들이 민음사에서 출간된 세계문학 전집이라는 것을.

알고 나니 민요상의 '민'과 '사'의 모양이 책등에 인쇄된 글자와 닮았다는 것을 알겠다. 조카는 글자를 쓴 것이 아니고 책에 인쇄된 조그만 글자를 보고 그린 것이다. '사'까지 그린 다음 마지막 글자가 다른 글자에 비해 너무 작다고 생각했는지 안정적인 받침을 그려두었다. 옆으로 넓적하게 퍼진 형태로 동그라미를.

내 집에 있는 책꽂이 중 하나에 민요상이라는 이름이 이렇게 붙었다. 나는 이 글자들을 소중하게 관리하면서 언제고 미래에 민요상 책꽂이를 이름 붙인 이에게 물려주고 싶다는 음험한 생각을 하고 있다. 오랜 시간을 들여 고른 책을 채워서. "삶에 별빛을 섞으십시오."마리아 포포바 『진리의 발견』, 지여울 옮김, 다른 2020, 56면 19세기 미국의 천문학자 마리아 미첼Maria Mitchell이 천문학 수업에서 했다는 말을 적은 꼬리표를 붙여서 말입니다.

달가울까?

하고 생각하면 멋쩍다. 사람 사는 공간엔 책을 둘 자리가 있어야 한다고 나는 생각하지만 조카에겐 아무래도 짐이 될 것 같다. 종이책을 향한 집착과 고집과 내 취향을 받으라고 멋대로 넘기는 일이라고도 생각하며 상상만 해 볼 뿐이다. 유지 조각이나 라인 마커가 여기저기 꽂혀 있고 연필로 그은 줄도 있는 책을 받아 무엇 하겠는가. 그보다 조카들이 자라 어른이 될 무렵에도 종이책이라는 매체가 지금처럼 남아 있을지 모르겠다. 팬데믹으로 집에 머무는 시간이 길어지면서 조카들이 디지털 매체에 노출되는 빈도가 높아졌다. 조카들은 좀처럼 읽지 않는다. 화면을 본다. 이 조카들이 미래에 어떤 책을 읽는다면 종이책보다는 아무래도 전자책일 것 같다.

나는 화면으로 책을 보지 않는다. 태블릿 컴퓨터나 스마트폰으로 글자를 보는 일은 내게 책을 읽는 일이라기보다는 눈을 태우는 일에 가깝다. 빛을 반사하고 흡수한 글자를 읽는 것이 아니고 빛 자체를 향해 눈을 부릅뜨고 있다는 느낌이 들어 아무래도 꺼림직하다. 터치스크린으로 보는 글자들은 종이책으로 읽는 글자들보다 눈 속으로 깊이 파고든다. 집중해서 스크린을 들여다보고 난 뒤에는 시신경을 무언가로 꼭 졸라맨 것처럼 눈 속이 뜨겁고 뻑뻑해 잠을 설치곤 한다. 이런 경험을 몇번 한 뒤로는 스마트폰이든 태블릿 컴퓨터든 오래 들여다보지 않는다. 어차피 거의 매일 화면을 바라보며 원고 작업을 해야 하는데 그것만으로도 여섯시간이 넘는 화면 응시다. 내 시세포는 그다지 건강하지 않아서 나는 그들을 잘 관리하며 사용해야 한다. 언제고 시력을 잃는다면 전자책의 읽어주기 기능이 내게 매우 유용해질 테지만 지금은 아니다, 아직은 아니라고 생각하며 화면으로 보는 전자책을 독서 경험에서 멀리 밀어두었다.

전자잉크가 사용된 전자책 전용 단말기는 조금 낫다고 해 시도해보았지만 완독에 이른 경우가 별로 없다. 완독한 책은 사카구치 안고坂口安吾의 산문집 정도로 페이지 수가 많지 않았다. 지금은 나아졌을지 몰라도 내가 전자책 단말기를 사용한 시기엔 소프트웨어가 너무 불안정해 쓸 수 없었다. 책 한권을 로딩하는 시간도 길고 책장을 넘기다가 멈추는 현상에 너무 얇은 종이책에 인쇄된 글자들처럼 글자가 번지는 현상까지 있어서 전용 단말기를 신뢰할 수 없었다.

글자 크기를 조절할 수 있다는 점은 전자책 단말기의 장점이겠지만 왼쪽 위, 오른쪽 아래, 하고 문장의 위치로 예전에 읽은 내용을 찾아보곤 하는 내게는 장점일 수 없다. 전자책 지면은 고정되어 있지 않다. 출판사에서 제공하는 기본 크기 글자로 보는 책과 내가 크기를 조절한 글자로 보는 책은 페이지 수가 다르다. 스마트폰에서 보는 13면은 태블릿 컴퓨터에서 보는 13면의 내용이 아니다. 이런 종류의 유동성은 내가 독서에서 경험하고 싶은 바가 아니었다. 이미 넘긴 책장과 남은 책장의 분량을 손으로 가늠하는 것도 독서의 과정인데 전자책으로는 그렇게 할 수 없어서, 내게는 아무래도 매력적인 매체가 아니었다. 무엇보다도 종이책은 각각 다른 두께와 촉감으로 손에 잡히는데 전자책은 단일한 단말기나 전자기기의 '그립감'으로만 남아 내가 어떤 책을 읽었는지/읽고 있는지 감을 잡기가 어려웠다.

책꽂이 이야기를 꺼낸 김에 전자책을 견딜 수 없는 것이 사실일까를 생각해보려고 했는데 견딜 수 없다고만 쓰고 싶다. 전자책도 누군가가 노동으로 만들어내는 결과물일 텐데 그 노동의 과정을 잘 모르면서 내게 불편한 점만 이렇게 늘어놓는 게 두렵기도 하다. 내가 너무 보수적인가? 그래도 새로운 매체에 익숙해지고 싶지 않다. 종이책과 전자책을 딱히 대립하는 매체라고 생각하지는 않지만 같은 매체라고도 생각할 수 없다.

종이책에서 전자책으로의 이동을 거스를 수 없는 흐름이라고 판단하는 입장에서는 인류의 기록 문화가 점토판이나 밀랍판이나 죽간에서 지류로 바뀌었을 때의 변화를 말하고 싶을 것이다. 종이책은 아주 짧은 시간 인류의 역사에 나타난 기록매체일 뿐이다. 나라는 일개인이 어떻게 생각하건 변화는 일어난다. 그렇다고 나도 생각한다. 많은 것들이 그렇게 변한다.

그러나 내가 그 변화를 매번 사랑해야 하는 것은 아니다. 나는 지금 화면을 바라보며 문장을 적고 있고 이 작업의 결과가 웹 게시라는 걸 알지만 최종 결과가 종이책이라는 것도 안다. 원고 작업을 할 때마다 종이책을 받아들 때를 그 작업이 끝난 순간으로 여기고 있다. 종이책을 집에 들이고 종이책이라는 결과물을 향한 작업을 하며 종이책을 읽는 동안 연필을 소비한다는 것은 곧 지구 어딘가에서 나무를 베고 썰고 분쇄해 끝장을 내고 있다는 이야기라는 것도 안다. 이 점에 대해서는 변명하고 싶은 마음이 없다. 인간으로서 내가 유해하다. 그래도 그래도.

종이책을 읽는 사람도 부쩍 줄어든 시기에 책을 읽고 쓰는 사람으로 살고 있으니 할 수 있을 때까지는 종이책을 즐기고 싶다.

3월 30일.

책장 선반에 백단향을 담은 함을 두었는데 거기 꽂혀 있던 책에 향이 배었다. 책장을 넘길 때마다 백단향이 난다.

1년치 기쁨.

목포행

木
浦
行

목포에 와 있다.

재작년까지는 용산역에서 목포행 고속열차를 탔는데 올해는 행신역에서 탔다. 산천 열차를 타고 세시간 걸려 왔다. 경기도에서 출발해 서울을 관통하는 데만 삼십여분 걸렸으니 두시간 반만에 수도권에서 반도 남서쪽 끝에 다다른 셈이다. 기차에서 읽으려고 가방에 책을 두권 넣었는데 꺼내지도 못했다. 비행기나 고속열차를 타고 너무 빠르게 이동하는 중에는 머리가 멍해 뭔가를 읽기가 어렵다. 창밖으로 축사와 터널과 비닐하우스와 아직 빈 밭과 밭을 나누고 있는 농로와 신작로, 인삼밭과 잘 관리된 묘지와 운무를 뿜어내는 산과 마른 나무들로 덮인 산비탈, 주홍과 파랑으로 지붕을 칠한 집들과 송전탑과 저수지와 묘지와 묘지와 점점 붉어지는 밭과 배밭과 파밭, 유채밭이 뒤로 흐르는 것을 보다가 자다가 하며 목포역에 도착했다.

목포에는 2017년에 처음 와보았다. 그해 3월 31일에 세월호가 물밖으로 올라와 목포 신항에 접안했다. '4월 16일의 약속 국민연대'4·16연대에서는 그로부터 다섯달 뒤인 8월 26일 토요일을 '목포 신항 집중 방문의 날'로 잡아 참가자를 모았고 참가자들은 전국에서 버스를 타고 목포에 모였다. 목포역광장에서 시민 알림대회를 치르고 목포 시내를 행진한 뒤 세월호가 거치된 신항으로 가는 일정이었다. 당시 서울에 살던 동거인과 나는 광화문에서 출발하는 버스에 타지 않고 기차를 타고 목포로 이동해 목포역광장에서 합류했다. 광장엔 이미 도착한 버스에서 내린 사람들과 지역 깃발을 단 깃대들이 모여 있었고 동거인과 나는 어디 앉을지를 잠시 고민하다가 아무 데나 앉아 시민 알림대회를 버텼다. 무더운 날이었다. 목포역광장엔 그늘 한점 없어 땡볕에 사람들이 그냥 타고 있었다. 모자도 쓰고 반팔

티셔츠 소매 아래 토시를 꼈는데도 햇볕을 다 가릴 수 없었고 "바닥도 뜨거워서 그냥 지글지글 끓으며 앉아 있었"[1]다. 그해 이후로 동거인과 나는 매년 4월이 되면 목포행 기차를 탄다. 세월호를 보고 미수습자들을 기억하고 목포에서 밥을 먹고 목포에서 자려고.

지난 7년 동안 나와 동거인의 시위 집회나 광장의 경험은 거의 모두 세월호와 관련되었다. 2019년에 광장에서의 경험이 반영된 이야기를 책으로 냈을 때 광장에서 무엇을 느꼈는지를 묻는 질문을 받은 적이 있는데 많이 추웠고, 많이 더웠다,라는 말밖에 할 수 있는 말이 별로 없었다. 많이 추웠고 많이 더웠다. 할 수 있으면 겪고 싶지 않을 정도로 춥고 덥고. 추운 곳에서는 아 씨발 춥다고 웅크리고 더운 곳에서는 씨발 덥다고 웅크린 채로 그런 장소를 이미 일상으로 겪는 삶과 그 삶을 그런 일상으로 내몬 사람들이며 구조構造를 생각했다.

태안 화력발전소에서 김용균씨가 사망한 2018년 12월은 다른 해 12월보다 추웠다고 나는 기억한다. 광화문 세월호 농성장에서 일주일 단위로 김용균씨의 추모제가 열렸는데 두번째 추모제가 열린 밤이 몹시 싸늘했다. 그날 입은 외투가 문제였는지 내 몸 상태가 문제였는지 그도 저도 아니면 플라스틱 의자에 앉는 바람에 차라리 바닥에 웅크리고 앉는 것보다 발목이나 하체의 열을 더 빼앗기는 자세가 문제였는지 전에 없을 정도로 몸이 싸늘해졌다. 추모제가 중반을 넘어설 무렵엔 가만히 있으려고 해도 몸이 부들부들 떨려서 더는 앉아 있을 수 없었다. 이번 발언만 듣고 일어나야지, 일어나야지, 하다가 어느 순간을 잡아 가방을 움켜쥐고 의자에서 엉덩이를 뗀 채 휙 돌았는데 노란 점퍼를 입고 뒷자리에 줄줄이 앉은 세월호 유가족들을 보고 다시 주저앉을 수밖에 없었다. 2016년 구의역에서 사망한 노동자 김군은 97년생으로 세월호에서 희생된 단원고 학생들과 동갑[2]이고 김용균씨는 그 또래인 94년생이다. 추위를 피하자고 그 사이로, 그런 것을 생각하고 있을지도 모를 사람들 사이로 빠져나갈 자신이 없었다. 누군들 그렇지 않겠습니까.

올해는 목포에 도착하자마자 차를 빌려 목포 신항으로 갔다. 고하도로 건너가는 목포대교를 향해 가는 길에 보니 유달산엔 벚꽃이 남아 있었다. 4월 16일 무렵엔 모두 지고 없겠구나, 하고 생각했다. 세월호가 맹골수도에 가라앉은 뒤로 봄이 되면 진도를 향해 내려가는 길에 만개하는 벚꽃을 "쥐어 뜯어버리고 싶었다"[3]던 유가족의 말을 생각했다.

2017년 4월 9일에 목포 허사도 신항에 누운 채로 육상 거치된 세월호는 이제 똑바로 서 있고 상부가 녹색 뚜껑으로 덮여 있다. 새로 덧댄 것인지 방수칠을 새로 한 것인지 올해엔 녹색이 진하고 선명했다. 항만에 인접한 신항로 276번길, 294번길 철제 울타리엔 세월호를 보러 온 사람들이 묶어둔 노란 리본들이 비바람과 햇볕에 타다 남은 것처럼 갈색으로 바래가며 해풍을 맞고 있었다. 거대한 어금니 모양의 테트라포드들이 즐비하게 늘어선 항만을 걸어 세월호 앞까지 갔다. 테트라포드들의 무게를 항만 바닥이 버틸 수 있을까, 그런 것을 생각하기도 하면서 울타리 앞까지 걸어가 육상에 거치된 배를 올려다보았다. 세월호는 조만간 허사도 신항에서 약 1.5킬로미터 떨어진 고하도 신항 배후부지로 이동한다. 해양수산부는 2020년 8월에 "세월호 선체를 영구 보존할 거치 장소를 목포 신항만 배후부지로 최종 확정"[4]했다고 발표했다. 유가족 72퍼센트, 그리고 목포 시민의 74퍼센트가 세월호를 목포에 거치하는 데 찬성했다고 한다.[5]

세월호 화물칸에 실렸던 화물들은 찢어지거나 납작하게 눌린 채 신항만 바닥에 모여 있고 우그러진 트럭 몇 대와 찢어진 컨테이너를 제외하고는 대부분 회색 방수포로 묶여 있다. 바람이 불고 녹슨 선체는 아찔하게 높고 찌그러진 화물 트럭에 붙은 따개비들은 하얗고 비둘기인지 갈매기인지 배 바닥 쪽 구멍을 새들은 드나들고. 그런 것을 보며 7년, 7년을 생각했다. 7년을 이렇게 보내는 바람에 이 배가 붙들린 채로 녹고 있다고 생각했다. 2014년에서 우리는 조금도 움직이지 않았다. 검찰 세월호참사 특별수사단은 2021년 1월 19일에 활동을 종료하면서, 세월호참사 당시 구조를 방기한 해경 지휘부, 특별조사위원회 활동을 방해한 옛 사회적참사 특별조사위원회 구성원, 수사 및 감사

외압 의혹을 받고 있는 법무부와 감사원, 유가족들을 사찰한 국가정보원과 국군기무사령부 등 참사 책임기관과 책임자들에게 '혐의없음' 결론을 내렸다.[6] 유가족들은 다시 거리에 있다.

신항만을 나오는 길에 세월호 안내소 앞을 얼쩡이는데 안내소 창이 열렸다. 리본을 한줌 가져가도 되느냐고 묻자 가져가도 된다고 대답하는 사람의 얼굴이 낯익었다. 내게 낯익지 않아도 좋았을, 하지만 낯익어버린 얼굴.

목포에 올 때마다 들렀던 서울분식은 오늘 무슨 일인지 셔터를 내려두었다. 달리 저녁 먹을 장소를 찾아다니다가 모처럼 바닷가에 왔으니 갈치찜을 먹자고 유달동으로 이동했다. 일제시대 식민지 착취기관인 동양척식주식회사의 목포 지점이었던 근대역사관 제2관 근처에서 식당을 찾았다. 2017년에 우리가 처음 이 거리에 왔을 때에는 일본식 가옥이 드문드문 섞인 양지바른 동네였던 유달동 일대는 근대역사문화 거리가 되어서 여기저기 조그만 카페와 음식점이 들어섰다. 전년에 거기서 보지 못한 식당으로 들어가 갈치찜을 먹다가 거의 1년 만에 생선을 먹고 있다는 이 야기를 동거인과 나눴다. 먹다보니 맛이 좋았으나 이제는 생선을 먹기도 좀 어렵겠다는 생각을 했다. 반찬으로 나온 톳 무침이 맛있었는데 들깨를 넣은 것 같았다. 톳과 애호박 과 갓을 반찬으로 밥을 한공기 다 먹고 숙소로 들어왔다.

밤에 뱃고동 소리가 한번 들린 것 같은데 동거인은 듣 지 못했단다.

파주로 이사하고 얼마 지나지 않아 천둥을 경험한 적 이 있다. 동거인과 나는 식당에서 미역국을 먹고 있었다. 늦은 저녁 시간이라서 식당엔 손님이 많지 않았는데 전조 도 없이 꽝, 하고 첫 천둥이 울렸을 때 그 장소에 있던 사람들의 반응을 잊을 수 없다. 북한이 몇달에 걸쳐 단거 리 발사체들을 발사한 끝에 초대형 방사포로 추정된다는 발사체 두발을 동해상으로 발사하고 얼마 되지 않은 즈음 이었다.[7]

미역국을 먹던 동거인과 나, 밥을 다 먹고 계산을 하 려고 자리에서 일어나 계산대를 향해 가던 다른 자리 손님,

그를 향해 가던 식당 직원과 주방에서 나오던 또다른 직원, 늦은 밤 거기 있던 우리가 다 흠칫 놀라 바깥을 향해 고개를 돌린 채 움직이지 못했다. 얼마간 정적이 흐른 뒤 서로가 서로를 놀란 얼굴로 돌아보았고 지갑을 쥐고 있던 다른 자리 손님이 여태 놀란 얼굴을 하고 다른 사람들의 얼굴을 살피듯 보면서 뭐야 대포야, 하고 말했다. 두번째 천둥이 울릴 때까지 사람들은 거의 움직이지 않은 채 창밖을 주시했다. 파주에서 파주 시민으로 듣는 천둥소리는 서울에서 서울 시민으로 듣는 천둥소리와 다를 수 있다는 것을 그때 알았다. 서울에서도 가끔 그런 걸 겪곤 했지만 종전 아닌 휴전 국가의 구성원으로 살고 있다는 불안이 그 정도로 상승한 적은 없었다. 대포 소리 같네, 정도였지 뭐야 대포야, 정도의 불안으로 상승한 적은.

금촌동이나 파주읍보다 더 위쪽인 문산에서는 또 다르게 들릴지 모르겠다. 문산은 파주읍 파주시청보다 더 휴전선에 가깝고 문산을 관통하는 경의중앙선의 마지막 역은 임진강역이며 임진강을 따라 이어지는 77번 국도를 달리다보면 별로 깊어 보이지도 않아 걸어서도 건널 수 있을 것 같은 강 너머로 북한 땅이 보이고 거기서 판문점이며 휴전선은 차로 겨우 십분 안팎 거리니까.

　이런 이야기를 해도 괜찮을지 모르겠지만 경의중앙선이 보이는 내 집 창 앞에 앉아 고개를 들었다가 포나 탱크를 실은 트레일러들이 별스럽게 소리도 없이 선로를 타고 슬슬 지나가는 것을 볼 때도 있다. 늦은 밤, 군용 헬기들이 호버링하는 소리가 계속 들려 무슨 일인지 알아보려고 바깥으로 나가 소리가 들려오는 방향을 한참 올려다보는 일도 있고.

　자유로를 통해 파주 방향으로 서울을 빠져나오거나 역방향으로 서울로 진입할 때 반드시 거쳐야 하는 관문인 대전차 방호벽은 유사시 폭파되어 서울과 서울 북쪽을 가를 것이다. 서울 시민에게는 수도 수호이자 보호가 될 것이고, 파주를 비롯해 더 북쪽 도시에 사는 시민에게는 유기가 될 폭파. 파주에 살게 된 이후로 서울에 다녀올 일이 있어 자유로를 달릴 때마다 대전차 방호벽을 유심하게 지나간다. 제2자유로가 있다는 사실이나 신식 무기체계를 사용하는 현대전 양상에서는 방호벽 붕괴를 내가 알아차릴 틈도 없을 거라는 등의 가정은 지금 내 일상 감각에 큰 영향을 주지 못한다. 단지 목적에 충실하고자 그 자리에 있는 구조물과 그 존재의 목적이 내 일상에 있다. 그러니까 유사(有事)할 경우엔 '버려진다'는 생각, 휴전선이 가깝다는 생각을 감각처럼 지닌 채 살아간다. 늘 그것을 되새기며 산다는 이야기가 아니고 마음이나 생각 깊은 곳에서 지울 수 없어 지문처럼 그것을 지니고 있다는 이야기다.

목포에서 아침밥을 먹고 비 소식을 들었다. 오늘내일 전국에 많은 양의 비가 내릴 거라는 예보였다. 숙소에서 비를 기다리면서 목포시에서 제공하는 목포시 관내도를 들여다보았다. 목포의 북쪽과 남쪽 항구, 서쪽 항만, 바다와 육지 사이의 등대들. 나주의 남쪽 포(浦), 목포는 멀리 바다에 사람이 나가 있다는 것을 일상 감각으로 지닌 사람들이 사는 도시라는 것을 생각했다. 74퍼센트의 찬성이라는 대답을 생각하다가.

4월은 만우절로 시작되지만 나는 그런 것을 기념하지는 않고 다른 달 다른 날들처럼 웃고 말하고 싫어하고 좋아하고 먹고 욕하고 답신을 적고 떠났다가 돌아오기도 하며 목포행 열차를 예약하고 매주 토요일 일정을 비운다.

어떻게 지내십니까.

이런 문장을 들고 세월호 유가족을 만나러 간 적이 있다. 2014년 9월 20일, 서울 종로구 청운동 주민센터 앞에서 유가족들이 수사권과 기소권이 있는 특별법 제정을 촉구하며 노숙 농성을 이어가던 때였다. 경찰들에게 둘러싸인 채 고립되어 그대로 농성장이 되어버린 청운동 주민센터 앞에서 유가족들은 경찰의 과잉 강경진압에 수시로 다치고 있었는데 언론은 그 상황을 제대로 보도도 하지 않고 있었다. 유가족들이 처한 고립과 어떻게든 연결되려는 노력으로 작가들이 모여 논의하다가 한줄씩 문장을 모아 농성장을 방문하고 광화문광장에서 시민들이 참여할 수 있는 낭독회를 열기로 했다. 지금도 매달 마지막주 토요일에 열리는 '304낭독회'의 첫번째 낭독회였고 이때 삼백여섯개의 문장이 모였다.

광화문에서 낭독회를 시작하기 전에 삼백여섯개의 문장이 인쇄된 리플릿을 들고 작가들이 청운동 농성장을 찾아갔다. 장판을 씌운 평상에 어머니들이 모여 앉아 리본을 만들고 있었다. 서로 말을 꺼낼 수도 얼굴을 바라볼 수도 없어 어머니들도 작가들도 고개를 들지 못하다가 어머니 한분이 홀로 방문객들과 마주 앉아주었다. 방문객들을 웃는 얼굴로 한 사람 한 사람 둘러보던 그는 리플릿을 펼쳐 들더니 잔인하네, 하고 말했다. 이걸 우리더러 읽으라고 가져왔어, 이 많고 깨알 같은 걸. 우린 읽을 수가 없어. 글자를 봐도 읽히질 않아서 아무것도 읽을 수가 없어.

그날 청운동 농성장을 방문한 작가가 전부 몇명이었는지 나는 기억나지 않는다. 다섯, 여섯, 어쩌면 그보다 더 많이. 우리는 광화문으로 돌아가기 전에 리플릿을 펼치고 각자의 문장을 그 자리에서 읽었다. "어떻게 지내십니까." 그게 내가 제출한 문장이었다. 문장이라기보다는 당시 사회와 자신을 향한 말이었고 그 말을 유가족들 앞에서 들으라고 읽는 상황을 상상하지도 못한 나는 내 순서가 돌아왔을 때 후회, 당혹감, 두려움으로 생각과 정신을 거의 놓고 있었다.

어떻게 지내시냐고, 어떻게 물을 수가 있어.

이날 청운동에서 차라리 읽지 않는다는 선택을 생각하지도 못하고 고스란히 읽고 돌아온 뒤로 어떻게 지내십니까, 그 말은 내게 인화印花되었다. 지울 수도 도망칠 수도 없을 것 같다. 문장을 쓰면서 살아온 날이 올해로 17년째인데 후회가 깊어 앞으로도 평생 잊을 수 없을 것 같은 문장이 두개 있고 그중 하나가 그 문장이며 내게 가장 따가운 말이다. 그래도 그 말은 필요하다고 나는 생각하고 있다. 내가 얼마나 후회를 하건 얼마나 따가운 말이건 내게, 한국사회 구성원들에게 여전히. 7년이 이어지는 내내 그리고 오늘도.

어떻게 지내십니까.

4월 7일.

올해의 목포를 떠나기 전에 동거인은 신항만에 다시 가보자고 말했다. 목포시 쪽에서 목포대교를 건너 허사도 북쪽으로 넘어가는 경로가 아니고 삼호대교로 목포만을 건너 잠시 영암으로 갔다가 대불부두, 쌍용부두, 용당부두를 지나 신항교로 바다를 건너 허사도 남쪽으로 들어가는 경로로. 영암 대불산업단지를 지날 때 운전대를 잡고 있던 동거인은 여기 도로가 다른 도로와 다른 점을 알겠느냐고 내게 물었다. 빗방울이 점점 달라붙는 유리창을 통해 아무리 보아도 다른 점을 나는 알 수 없었다. 신호등이 가로로 걸려 있지 않고 세로로 붙어 있어서 직진이든 정지든 신호를 확인하려면 앞이 아니고 옆을 봐야 한다고 동거인은 말했다.

옆을 봐야 해?

옆을 보니 신호등이 정말 가로등이나 전봇대에 세로로 붙어 있었다. 거길 벗어난 다른 도로는 또 반드시 그렇지도 않아서, 대불산업단지 근처 대로의 신호등이 하필 그런 형태인 이유를 서로 추측해가면서 영암에서 다시 목포로 건너갈 수 있는 삼호읍 구와도에 이르렀다. 삼호산업단지엔 아직 조립되지 않은 대형 선박 조각들이 육상이나 해상에 거대한 조형물처럼 거치되어 있었다. 삼호유치원, 현대삼호 아파트 305동 앞을 지나 바다 건너 허사도가 보이는 비탈에 잠시 머물렀다. 아파트 바로 뒤편으로 820톤, 1000톤 골리앗 크레인이 솟은 비탈에서 삼호아파트를 등진 채 허사도 방향으로 서면 거기에서도 세월호는 보인다. 배를 만드는 사람들은 저기 항만에 거치된 녹슨 배를 보면서 무엇을 생각할까.

그런 걸 생각하고, 그런 걸 보고 왔다.

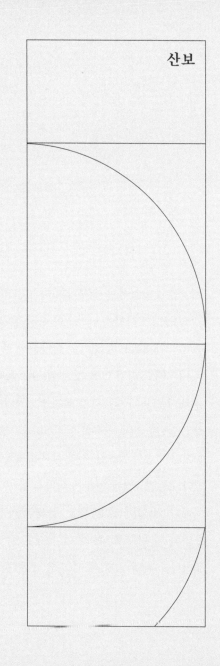

산보

날이 더워 창을 전부 열었다.

올해 첫 작약을 다섯송이 사서 병에 꽂아두었는데 두송이는 만개했고 두송이는 절반쯤 피었고 마지막 한송이는 아무래도 피지 않을 것 같다. 비스듬하게 자른 줄기 끝을 뜨거운 물에 담갔다가 빼는 열탕 처리를 했는데도 동그랗고 단단한 망울 상태로 닫혀 있다. 다섯송이를 받으면 한송이나 두송이 정도는 이런 것이 있어 안타깝지만 어쩔 수 없다. 4월과 5월에 이렇게 작약을 볼 수 있는 것만으로도 기쁘다. 작약에 코를 대고 향을 맡아가며 소설 원고를 쓰다가 이 원고로 넘어왔다. 백분홍 작약은 아주 작은 망울이라도 활짝 피면 내 두 손을 모은 것보다도 꽃이 크고

향이 진하다.

꽃을 들여다보며 쓴 문장엔 그날의 기억이 깃든다. 색을 보고 향을 맡고 잎맥을 관찰하며 소설을 생각한 오늘 오전도 틀림없이 문장에 깃들었는데 어느 문장을 그렇게 썼는지를 나만 알고 나는 그런 게 즐겁다. 동거인은 밀짚모자를 쓰고 베란다로 나가 화분들을 돌보고 있다. 동거인의 어머니가 작년에 이사하면서 앵두나무 한그루를 파주로 피신 보냈는데 그게 살아서 올해 무사히 새순을 틔웠다. 지금은 꽃도 져서 어딘가 화려하고 새콤한 기색이 있는 잎들로 가지며 줄기가 다 덮였다. 저 앵두나무에 열리는 앵두는 빨갛지 않고 희다. 동거인의 어머니가 흰 열매를 보고 빨갛게 익을 때까지 기다리는 실수를 했다며 너희는 열매가 하얘도 기다리지 말고 따서 먹으라고 일러주었다. 여름에 앵두를 먹자고 동거인은 좋아한다. 우리가 먹을 게 남을까? 하고 나는 동거인의 등을 약간 안쓰럽게 바라보고 있다. 열매가 열리면 까치가 귀신같이 알고 먹을 텐데.

까치들은 동거인이 낡은 화분을 비우고 돌을 고르고 비료와 흙을 섞느라고 베란다에 머무는 동안엔 얼씬하지도 않다가 사람이 새 화분에 화초를 옮겨 심고 자리를 비우자마자 바로 보러 왔다. 빨간 달리아를 한포기 심었는데 그 색이 거슬렸는지도 모르겠다. 까치들이 화분을 향해 깟깟 울고 고양이가 창 안쪽에서 까치들을 향해 목을 곤두세웠다. 동거인과 나는 고양이와 창 안쪽에 서서 까치가 달리아를 씹는지 안 씹는지 두고 보았다.

십여년 전에 동거인과 나는 화단이 딸린 옥탑에 살았다. 그때에도 화단에 화초를 몇종 심었는데 건너편 교회 십자가에 둥지를 틀고 살던 까치가 맨드라미만 집요하게 공격해 뿌리째 바닥에 패대기쳐두었다. 먹었나, 싶었는데 없어진 부분은 없고 다만 찢긴 채로 시들어 있었다. 뿌리가 붙어 있어 살지도 모르겠다며 도로 심어두었는데 다음날 다시 뿌리째 뽑혔다. 맨드라미 모양이 빨간 볏 같아 짐승인 줄 알고 공격했나, 하고 우리는 생각했다. 둥지 근처에 빨간 생물이 있으니 위협으로 여겼나보다고.

파주 까치들은 달리아며 다른 화초들을 내버려두었다. 됐어, 하고 동거인은 흙과 비료가 묻은 손을 씻으러 갔다. 직장을 옮긴 뒤로 동거인은 매주 수요일에 쉰다. 오늘은 저녁 먹기 전에 같이 산보를 나가자고 약속했는데 식물 관리에 힘을 다 쏟고 어떨지 모르겠다.

　　근력운동을 줄였다. 어느 날 저녁에 플랭크로 4분을 버티다가 눈물이 나서, 내일은 하지 말아야겠다고 생각했고 이튿날부터 하지 않았다. 3월과 4월 내내 플랭크를 하지 않았다. 백 스쿼트와 밀리터리 프레스, 데드 리프트는 횟수와 무게를 줄였고 푸시업은 생각날 때만 열번씩 한다. 너무 애쓰고 싶지 않아서. 그 대신 일주일에 나흘은 산보를 다니자고 마음먹었다. 산보마저 하지 않는다면 이렇게 앉아서 읽고 쓸 수 없다. 내 목뼈와 등뼈를 버티고 있는 디스크들은 희지도 않고 말랑말랑하지도 않다. 방사선 촬영을 해보면 검은 것이 여러개 있고 조금씩 신경을 누르고 있다. 증상이 심할 때에는 눈을 뜨고 있기도 어려운데 이 등을 근육으로 버티고 있다. 글 쓰는 사람에게 필요한 자세란, 하는 질문을 이따금 받는데 그럴 때마다 나는 열렬하게 대답한다. 정좌. 그것이 가장 오래 읽고 쓸 수 있는 자세이니까. 글을 읽고 쓰는 사람에게 중요한 것은 일단 원고료와

인세 수입이겠지만 보다 중요한 것은 정좌를 유지하는 데 필요한 근력, 근력입니다.

근력입니다, 하고 쓴 김에 데드 리프트와 밀리터리 프레스와 백 스쿼트와 푸시업을 하고 돌아왔다. 이렇게 하려고 책상에서 멀지 않은 자리에 바벨을 두었다. 디스크 증상을 겪고 있는 출판 관계자에게 운동을 권하고, 그래서 운동을 하면 더는 아프지 않으냐는 질문을 받은 적이 있다. 아프다고 대답했다. 운동을 해도 아프다. 그러면 운동을 왜 하느냐고 그는 다시 물었다. 왜냐하면요, 운동을 하고 아픈 것이 운동하지 않고 아픈 것보다는 개운하게 아프기 때문입니다. 그리고 전자가 내게는 낫다.

아파서 병원을 오래 다닌 적이 두번 있다. 한번은 영양실조와 스트레스가 원인이었고 다른 한번은 디스크 문제였다. 첫번째 질병의 증상이 내 경우엔 주로 무기력이었는데 두번째 질병의 증상은 도대체 설명하기가 어려운 고통이었다. 앉을 수도 누울 수도 잠을 잘 수도 없어 진통제를 먹으며 가만히 서 있거나 걸으며 지냈다. 2009년에서

2010년 사이로 동거인과 내가 옥탑에 살던 때였고 읽고 쓰는 일을 직업으로 택하고 5년쯤 지난 해였다. 난방과 냉방을 제대로 하기가 어려운 주거환경에서 나쁜 자세로 소설 작업을 했고 그 와중에 재판정으로 취재를 다녔다. 2009년 1월 20일, 서울 용산구 남일당 건물에서 일어난 화재에서 살아 나온 철거민들이 피고인으로 피소된 재판이었다. 첫 변호인단이 재판부를 기피하면서 재판이 내내 미뤄지다가 9월부터 집중심리로 일주일에 두차례씩 열렸다. 재판이 한번 열릴 때마다 열시간이 넘도록 끝나지 않았다. 서울중앙지방법원 3층과 4층, 등받이 없는 딱딱한 의자에 긴장한 채로 앉아서 듣고, 오가는 대화를 필기로 받아 적고, 집으로 돌아가서는 원고 작업을 했는데 그해 겨울이 가기 전에 다발성 통증과 마비로 병원에 실려갔다.

　　첫 문학상 상금 절반을 병원비와 치료비로 썼으나 정작 효과를 본 방법은 운동이었다. 집 뒤편에 산이 있었고 그 산 정상에 꽤 큰 규모로 근린공원이 조성되어 있었다. 눈이 오든 비가 오든 매일 가파른 산책로를 걸어 산 정상으로 올라간 다음 트랙을 돌았다. 400미터 트랙을 열바퀴

돌면 4킬로미터. 그 시기 산보하는 동안 시규어 로스의 「헤이마」Heima를 들었고 뭐 이런 노래가 있어, 하고 질색하며 샤이니의 「링딩동」을 반복해 들었다. 다른 동네로 이사하면서 산과 멀어져 근린공원 산보를 더는 할 수 없었다.

    산보하시나요.
    산보할 시간이 있나요.
    산보할 장소가 있나요.
    어디 사세요.
    거기선 산보, 가능합니까.
    이런 질문은 함부로 하면 안 될 것 같다고 동거인은 말한다. 내가 모르는 남의 삶 조건을 기웃거리는 질문일 수 있다고. 그러게, 이런 질문으로 들어가는 글을 한편 쓰려다 우물쭈물하고 있다. 나와 동거인이 지금 사는 마을은 난개발로 막다른 길이 많아 산보하기에 적당하지는 않다. 어딘가로 이어지는 길인 줄 알고 빌라 단지로 들어섰다가 울타리로 막힌 곳을 만나 되돌아나오는 경험을 몇번 한 뒤로 산보는 경의중앙선 철길 너머 호수공원으로 간다. 여기 공원은 아파트 단지로 둘러싸여 있고 천천히 걸어서 도는 데 한시간, 뛰면 35분 걸리는 면적인데 동거인은 너무 크지도 작지도 않고 딱 적당하다며 좋아한다. 낙우송과 버드나무와 꼬리조팝나무 등 습지에 강한 나무들이 자라는 산책로가 있고 사람 출입이 금지된 맹꽁이 서식지도 있고 사철 오리들이 살고 가마우지와 두루미와 까치가 있고 산비둘기와 황조롱이, 꿩도 있다.

파주로 이사해 첫 공원 산보를 하면서 매일 여기 와야지, 앞으로 매일 공원으로 산보 다녀야지, 하고 기쁘게 마음먹었는데 일년 넘게 지나고 보니 쉬운 일은 아니다. 비오는 날 호수로 산보하러 나섰다가 뒤집힌 우산을 쥐고 비를 몽땅 맞은 채 귀가한 뒤로 바람 너무 불고 비 많이 오고 너무 덥거나 너무 추운 날엔 공원에 나가는 걸 삼가고 있다. 그런 날을 제하면 저 공원으로 나가 산보할 수 있는 날은 많지 않다. 황사나 바람 적은 봄날 며칠, 여름 잠깐, 그리고 가을, 겨울 잠깐.

그러니까 도시에 사는 사람 집 근처에 공원이 있다는 건 좋은 일이라고 생각하다가도 산보가 공원에 묶인다면 그건 또 좋은 일은 아니라는 생각도 든다. 삶에는 산보가 필요하고 사람들은 공원을 좋아하니까, 더 많은 도시민의 삶에 공원이 있다면 좋겠다고 썼다가 흠칫 놀랐다. 내가 산보를 이렇게 집요하게 공원과 연결해 생각하는 이유는 아무래도 공원을 제외한 나머지 영역이, 말하자면 그 도시가, 걷기에 적당한 장소는 아니기 때문 아닌가?

산보가 가능한 날에 나는 공원으로 가려고 철길을 건너고 대로를 건넌다. 공원은 아파트로 둘러싸여 있고 공원을 나오면 아파트 단지에서 다른 단지로 건너가는 대로뿐이다. 이 대로의 쓸모는 출퇴근의 흐름이지 보행이 아니다. 여기 신도시에 사는 사람들은 아침에 저 대로를 이용해 서울이나 문산 방향으로 차를 몰고 갔다가 저녁이 되면 다시 대로를 타고 집으로 돌아온다. 저 대로변을 걷는 일은 재미없고 막막하다. 매연을 먹기도 싫어 산보는 공원에 이미 조성된 산책로를 따라 한다. 내 휴대기기에는 걷는 동안 경로와 시간을 기록하는 앱이 저장되어 있지만 나는 공원을 걷고 돌아와도 내가 걸은 경로를 확인하지는 않는다. 그럴 이유가 없다. 내던져져 꼬인 청진기 모양일 것이다. 그제 그렇게 걸었고 어제 그렇게 걸었고 오늘도 그렇게 걸었겠지. 공원에서 나는 나와 같은 경로를 그리며 운동하는 사람들 곁을 지나간다. 모터를 돌려 끊임없이 순환시켜야 죽지 않는 호수를 바라보며 누군가가 이런 공원에서 자라기에 적당한 수종으로 골라 심은 나무들 곁을 지나 매일 같은 경로로 산보한다. 나는 걷고 있을까?

　　로런 엘킨Lauren Elkin은 "걷지 않는 문화가 권위적인 분위기를 만든다"라며 그것이 특히 "여자들에게 나쁘다"라고 썼다.『도시를 걷는 여자들』, 홍한별 옮김, 반비 2020 그가 글에서 묘사하는 "반듯한 격자 모양의 거리, 가까운 쇼핑센터, 끝없이 이어진 공원도로"라는 미국의 교외 구조는 지금 내가 사는 신도시의 구조이기도 하고 아파트로 삶의 질 상승을 바라는 도시민들의 이상이기도 하다. 구조가 문화가 되어버린 환경에서 걷지 않는 여성들은 "이게 다 무슨 의미인지, 자신의 욕구가 무엇인지, 그 욕구가 충족되는지 등을" 고민하지 않으며, 그런 것을 고민하지 않는 여성은 "가족에게서 벗어나 방황하지 않을 것"이라고 로런 엘킨은 쓴다.64면 조금 과격한 이야기라고 생각했지만 가족에게서 벗어나 방황하지 않는 것이 "여자들에게 나쁘다"라는 말엔 동의할 수 있다. 동의가 된다.

서글프게도 그렇다.

도시 산보와 독서를 모두 즐기는 사람이라면 『도시를 걷는 여자들』*Flâneuse*을 즐겁게 읽을 것이다. 내가 그랬다. 거기 등장하는 거리와 공원과 책을 나도 걸었고 읽었다. 이런 책을 읽는 동안엔 산보와 독서가 거의 구별되지 않는다. 로런 엘킨이 읽은 헤밍웨이*E. Hemingway*의 파리 에세이를 나도 읽었고 그가 방문한 셰익스피어앤드컴퍼니 서점을 나도 방문해 책들을 구경하다가 작은 사전을 사고 엽서를 받기도 했다. 카페 플로르, 카페 레 되 마고, 생쉴피스, 생제르맹 데프레, 뤽상부르, 노트르담 데샹, 이런 이름이 붙은 장소와 거리 들에 나도 들러보았고 런던 동쪽 끝에서 서쪽 끝으로 템스 강을 따라 걸으며 미술관과 박물관을 드나들기도 했다. 당시 런던은 버지니아 울프*Virginia Wolf*의 산책 때문에 내게 특별했고 파리는 에밀 졸라*Émile Zola*의 소설들 때문에 특별했다. 에밀 졸라의 『인간 짐승』*La Bête Humaine*, 문학동네 2014은 파리의 암스테르담가에 사는 부❨역장인 루보가 창틀에 몸을 기대고 창밖을 내다보는 장면으로 시작되는데 그가 내려다보고 있는 역사는 아마도 파리13구에 있는 생라자르 역일 것이다. 이 역은 졸라의 다른 소설인 『여인들의 행복 백화점』*Au Bonheur des Dames*, 시공사 2012의 첫 문장에도 등장한다. 예컨대 그런 부분들을 읽고 파리를 방문해 거기 다다랐을 땐 그 장소를 무심하게 지나갈 수가 없다. 그 장소의 현재에 잠시 섞여 과거를 생각하고 거기 살던 사람과 살았을지 모를 사람들을 생각하고 다시 현재를 생각하고 내가 있던 장소를 생각하게 된다. 에밀 졸라는 많은 소설을 그렇게 썼고 나는 그의 소설을 읽었기 때문에 내가 특별한 산보를 경험했는지, 그 산보들 덕분에 그의 소설을 새삼 특별하게 경험하게 된 것인지를 이제 구별하지 못한다.

파리와 런던은 서너시간이면 걸어서 가로지를 수 있는 도시들이고 어느 쪽이든 걷기에 좋았다. 그 도시들을 천천히 걷는 동안에 나는 나중에 동생들과 같이 와볼 수 있기를 바랐지만 지금은 어떻지 모르겠다. 지난 일년 동안 유럽과 미국에서 발생한 아시안 혐오범죄 소식을 알고도 내가 여전히 그 나중을 생각하고 있는지를 오늘 생각하고 있다.

로런 엘킨은 러셀 스퀘어 잔디밭에 앉은 사람들을 둘러보며 그중에 "런던내기"와 미국인이 잘 분간되지 않는 점을 서술하기도 하면서 "울프가 본 것처럼 런던을" 보고자 한다.『도시를 걷는 여자들』115면 멋진 상상이지만 나는 울프가 본 것처럼 런던을 보지는 못할 것이다. 내가 런던을 보기 전에 런던이 나를 볼 테니까. 동양인인 나는 러셀 스퀘어에서 런던내기로도 미국인으로도 보이지 않을 것이다. 한국인으로는 보일까?

한국계 미국인과 일본계 미국인을 중국인이라고 생각해 공격했다는 백인 남성의 범죄 소식을 인터넷 기사로 보았다. 그 기사에 중국인도 아닌데 왜 공격하느냐는 댓글을 적은 한국인을 보고 저런 걸 쓸 수 있구나 생각하느라고 아침 시간을 보냈다.[1] 차별받았다는 생각으로 분노할 줄은 알지만 차별한다는 자각은 없는 삶들.

사람 하는 일을 능력과 무능력으로 나눠 말하는 일을

가급적 피하고 싶지만 이런 '없음'엔 무능력이라는 딱지를 붙이고 싶다. 우린 종종 무능력해. 이 무능력의 원인은 무지일까, 기어코 모르겠다는 의지일까?

이 '없음'은 소설을 쓰는 내게도 종종 발생하는 일이라서 나는 그런 일을 겪을 때마다 내가 어떤 사회에서 자란 사람인지를 생각하곤 한다. 예컨대 공포나 경이나 더러움이나 죽음의 어조를 띠려고 검은색을 불러낸 내 문장을 피부가 검은 사람이 읽을 때,라는 상황을 그가 직접 내게 묻기 전까지 나는 깊게 생각해본 적이 없었다. 한국사회에서 그처럼 피부가 검은 사람을 아예 만난 적 없는 것도 아닌데 말이다. 그런 상황과 맞닥뜨리고서야 나는 내가 아주 강력한 동질 사회에서 나고 자랐다는 걸 알았다. 한국인, 가족, 이웃, 여성. 실은 동질하지도 않은데 동질하다는 강한 암시와 압박이 있고 그 속에서는 동질성 자체는 물론이고 이질성이나 다양성을 생각할 기회가 별로 없었다는 것을.

그래서 나는 내 동생들과 내가 어디로든 멀리 나가 낮

선 것을 더 자주 만나기를 바랐다. 하지만 지금도 그런 생각을 할 수 있는지, 그런 바람을 여전히 가지고 있다고 말할 수 있는지 모르겠다. 조금이라도 인간이 덜 부지런하게 사는 것이 이 행성에 이롭다는 것을 알수록 그렇다.

길게든 짧게든 외출할 때마다 감염을 늘 걱정하기 때문인지 산보 욕심이 늘어 산보를 다루는 책을 모아 읽고 있다. 건축, 미술, 음악, 문학, 사회학, 식물학, 다양한 분야의 사람들이 산보에 대해 썼으므로 읽을 것이 아직 많이 남았다. 어떤 책은 실망스럽고 어떤 책은 다 읽기가 아까워 남긴다. 2015년에 출간되었는데 광화문광장이 정치적으로 점유되고 있어 그것을 걱정하고 있다고 쓴 건축가의 책을 읽다 말고 다른 책으로 넘어왔다. 나치 독일이 파리를 점령한 시기에 장폴 사르트르Jean-Paul Sartre와 시몬 드보부아르Simone de Beauvoir가 굶주린 채로 자전거를 타고 산책을 나섰다가 어지럼증에 쓰러져 다쳤다는 이야기를 어디서 읽었는지 모르겠다. 『사랑, 예술, 정치의 실험』아녜스 푸아리에 지음, 마티 2019 『살구 칵테일을 마시는 철학자들』사라 베이크웰 지음,

이론과실천 2017 둘 중 어느 책엔가 실렸을 텐데 한참 뒤적이고도 찾지 못했다. 아껴 읽느라고 이 책들의 완독을 미루고 있다. 전간기 파리에 머물던 작가, 레지스탕스, 정치가 들의 이야기를 나는 책으로 모은다. 남의 나라 역사를 멋대로 낭만으로 여기는 마음이 내게 아주 없다고는 할 수 없어 약간 징그럽지만 그래도 흥미진진한 산보처럼 그들의 기록을 따라 읽는다.

매일 걷는 길에 매력을 느끼지 못해 이렇게 남의 산보에 욕심을 내고 있는지도 모르겠다. 내가 요즘 산보하는 도시엔 과거를 알 수 있는 흔적이랄 게 거의 남아 있지 않다. 굴착기로 껍질을 벗기고 평평하게 다진 땅에 솟은 신도시, 현재만 있다. 나는 어딘가에 당도하면 전에 거기 머물던 사람들과 그들이 겪은 일이 늘 궁금한데 남은 게 거의 없다. 과거를 짐작할 수 있는 지표는 '들판에 연못이 있다'는 뜻을 가진 지명뿐이다. 이 호수가 그 연못의 흔적일까, 그런 걸 생각하기도 하면서 호수공원 둘레를 따라 산보하는 중에 내가 보는 것은 신도시를 이룬 조경과 구획뿐이다. 누구도 살지 않은 땅인 것처럼, 아무런 일도 일어나지 않았고,

아무런 역사도 겪지 않은 땅인 것처럼, 이 부근은 깨끗하게 정돈되어 있다. 이런 도시에서는 과거뿐 아니고 현재도 지워진다.

서울은 뭐가 다를까. 서울은 오랜 도시이고 그 오랜 과거를 끊임없이 벗겨내고 숨기고 밀어낸 도시이기도 하다. 이 도시엔 부끄러울수록, 참사이고 사건일수록 밀어내고 숨기고 치워버리려는 힘들이 있다. 삼풍백화점 희생자 위령탑과 성수대교 희생자 위령비를 찾아가느라고 애를 먹은 적이 있다. 막연하게 그 장소 어디쯤에 있겠다고 생각하며 갔으나 막상 찾아낸 각각의 위령비는 맥락도 없고 찾아가기도 어려운 장소에 숨겨진 듯 마련되어 있었다. 왜 여기 있지, 하고 생각하며 위령비 근처를 걷다가 세월호 기억공간을 생각했다. 광화문광장의 세월호 기억공간은 서울시장의 당적이나 그의 정치 성향, 한국사회의 정치 상황에 따라 존치 여부가 늘 불안하다. 엉뚱한 장소에 놓인 위령비들 곁에서 광화문 기억공간을 없애려는 시도가 분명 있을 거라는 생각을 했다.[2]

누군가는 세월호가 침몰한 장소가 진도 부근이니 모
뉴먼트는 거기 설치하라고, 그것이 마치 합리적이고 논리
적이고 공평한 의견인 것처럼 말하기도 하지만, 참사나 사
건이 일어난 바로 그 장소에 모뉴먼트를 세워 제대로 기억
하고 재발을 경고하는 일에 늘 소홀했던 이 사회의 사정을
생각하면 너무 순진한 의견이다. 나는 그런 의견들에서 어
찌되든 알 바냐, 사라져버리라고 말하는 악의마저 느낀다.
세월호 침몰은 진도 앞바다에서 배가 침몰하고 끝난 사건
이 아니다. 과거에서 현재로, 진도와 안산에서 전국으로 이
어지고 연결된 사건이므로 나는 산보하는 길에, 산보하는
길에도, 그 기억들을 우리가 다 만날 수 있어야 한다고 생각
하고 있다. 지금을 생각하고 다음을 생각하기 위해서라도.

이런 이야기를 하면 너무 정치적이라는 말을 듣곤 한다.
그런데 나는 누가 어떤 이야기를 굳이 '너무 정치적'
이라고 말하면 그저 그 일에 관심을 두지 않겠다는 말로
받아들인다. 다시 말해 누군가가, 그건 너무 정치적,이라고
말할 때 나는 그 말을 대개 이런 고백으로 듣는다.

나는 그 일을 고민할 필요가 없는 삶을 살고 있다.

그렇습니까.

4월 23일.

천지영이 창을 열었을 때 풍령에 달린 실이 끊어졌다, 라는 문장을 쓰고 좋아서 며칠 온화한 기분으로 살았다. 이 문장으로 시작하는 소설을 잘 마무리해 마감하고 싶다. 올해 처음이자 마지막으로 쓰는 단편이 될 것이다. 1년 전에 쓰겠다고 약속을 해두고 쓸 수 있을까, 망설이며 시간을 보내다가 쓸 수 없다고 말할 타이밍을 놓쳐 쓰고 있다. 웃는 얼굴로 이 소설을 마무리하고 싶고 그런 장면으로 소설을 마무리할 생각에 행복하다.

사랑이 천성이라고, 내가 말한 적 있던가?

쿠키 일기

올해 첫 맹꽁이 소리를 들었다.

멸종위기종이라는 맹꽁이가 집 앞 반달터에 산다. 여름에 반달터를 둘러싼 담장 너머 물웅덩이에 모여 엄청 운다. 맹꽁이들이 뭉 웩 무웅 웩 뭄 웩, 하고 한창 울 때 창을 열면 이마가 징, 울릴 정도로 소리가 크다. 꽉 닫으면 백여 미터 떨어진 철로를 지나가는 기차 소리가 거의 들리지 않을 정도로 창이 두꺼운데 맹꽁이 소리는 저 창을 다 통과한다. 지난여름엔 달을 보다가 자려고 맹꽁이 소리를 들으며 거실 창 앞에 누워 있다가 호흡이 곤란해지고 말았다. 한데 모여 우는 맹꽁이 소리에도 나름 박자가 있고 내 숨에도 박자가 있는데 맹꽁이 박자가 너무 압도적이라서 내가 자꾸 호흡을 놓쳤다. 우는구나, 하고 예사롭게 들으며 잠드는 데 며칠 걸렸다.

—

작년에 이 집으로 책장을 배달해준 목수는 군복무를 이 근처에서 했다며 당시엔 여기가 다 논과 밭이었다고 이렇게 변하다니 신기하다고 하하, 웃고 갔다. 그랬나보다, 하고 그냥 듣고 말았는데 여름에 맹꽁이 소리를 듣고 보니 그랬다는 걸 알겠다. 이 지역 맹꽁이 서식지는 사람의 출입이 금지된 채 철길 건너 공원 일부로 축소되어 있지만 본래 여기 일대가 다 맹꽁이 서식지였을 것이다. 그 많은 맹꽁이가 여름마다 호수공원을 탈출해 대로와 경의중앙선 철로를 넘어 여기까지 오겠는가. 본래 여기 사는 생물이다. 이걸 알고 나니 내가 사는 집 아래 맹꽁이들이 묻혔다는 걸 알겠다.

—

올여름에도 새벽까지 맹꽁이 소리를 듣겠구나, 하고

생각했는데 어제 누가 벨을 눌렀다. 반달터에서 곧 집 짓는 공사를 시작할 거라고 한다. 소음이며 먼지가 반년 정도 발생할 텐데 미리 양해를 부탁드린다며 쌀을 한자루 놓고 갔다. 오늘 오전에 바로 반달터로 굴착기가 들어오더니 지난여름 맹꽁이가 집중적으로 모여 울던 고랑을 흙으로 다 덮어버렸다. 거기서 먼 쪽에서는 맹꽁이가 우는데 오늘 흙으로 덮인 부분에서는 울지 않는다. 맹꽁이 학살, 하고 생각했다가 주제넘고 비위 상해 관뒀다. 이렇게 편하게 선 채로 학살, 하고 즉시 생각하다니.

이웃 아저씨는 얼마 전까지 집 짓는 일을 했다고 한다. 첫 반상회가 열린 자리에서 그는 이런 집은 짓고 나면 평균 5센티미터는 가라앉는다고 했다. 기필코 가라앉는다, 가라앉지 않을 도리가 없으니 다만 고르게 가라앉기를 바라자고.

반달터에 집을 짓는 공사는 내년 2월에 끝난다고 한다. 새로 지어질 집들도 이 집처럼 맹꽁이를 뭉개며 5센티미터쯤 가라앉을 것이다. 우리가 5센티미터씩 함께 가라앉을 것이다. 가끔 집이 흔들리는 것 같다. 무웅 웨엑, 하고.

우리의 기반은 늘 이렇게.

—

　소리천으로 조깅 나섰다가 초등학교 4학년쯤 되어 보이는 소년 둘이 가물치를 내던지는 걸 보았다. 물에서 가물치를 건져 벽돌 박힌 산책로에 한차례 던지더니 오가는 사람들 잘 보라는 듯 소리천 중앙에서 햇빛 쨍쨍하게 받는 콘크리트 구조물에 굳이 얹어두고 자전거를 타고 달아났다. 그 뒷모습을 바라보다가 구조물로 넘어가 가물치를 물에 돌려두었다. 아가미에서 기포들이 올라오는데 배를 뒤집은 채 가라앉을 뿐 움직이지 않는다. 천 건너편에서 이쪽을 향해 오던 사람이 살았느냐고 물어왔다. 더는 거기 서 있기가 싫어 도로 천을 건너 산책로로 돌아왔다.

—

　가물치는 탁한 물에 사는 생물이고 그건 좋거나 나쁘다는 뜻이 아니며 나는 그 정도를 알 뿐이다. 실은 발로 밀었다. 무르면서도 단단하고 뭉툭한 그 몸에 도저히 손을 댈 수가 없어 발 옆구리로 물을 향해 조금씩 밀었다. 가물치 피부가 거친 콘크리트 표면을 묵직하게 쓰는 것이 느껴져 눈을 감고 두번 쉬었다. 잠깐 닿았을 뿐인데 신발이 젖었다. 그 발로 계속 걷다보니 양말도 젖고 발도 젖었다. 나는 어류와 닿는 것이 두렵다. 닿으면 비늘이며 피부가 벗겨질 것 같다. 어릴 때 미꾸라지가 버글거리는 함지에 억지로 손을 넣은 적이 있는데 그 때문인지는 모르겠다. 어류를 먹는 것은 괜찮았지만 더는 그렇지도 않다. 염상섭의 소설 속 병화라는 인물이 오뎅을 먹는 장면을 교과서로 읽은 뒤부터 홀린 듯 오뎅을 먹어왔는데, 그것도 이젠 먹지 않는다. 닭고기나 소고기나 돼지고기를 먹지 않게 된 과정과 같았다. 어느 날 문득 피맛이 났다. 죽은 동물의 피맛이.

—

집으로 돌아와 산책로에서 겪은 일을 말하자 동거인은 가물치가 이미 죽은 상태였을 거라고 말했다. 아이들 손으로 가물치를 그렇게 쉽게 잡을 수 있을리가 없다며. 민물고기 포식자, 하고 동거인은 말한다. 가물치는 가물치도 먹는다, 그 정도 크기라면 힘도 무척 세서, 산 가물치였다면 잡히지 않았을 것이다. 그렇구나, 하고 생각했다. 그럴 수도 있구나. 그러면 소년들이 가물치를 해코지한 것이 아니고 그들이 해코지를 한다고 내가 판단한 것일 수도 있겠다. 그런 경우는 생각하지도 않고 새새끼 개새끼를 찾으며 집까지 걸어왔는데. 조금만 경계심이 풀려도 누군가를 즉시 비난할 준비가 되어 있다. 마음이 복잡해 한참 앉아 있었다. 소리천에 사는 다른 생물들이 가물치를 잘 먹었을 거라고 동거인은 말한다. 소리천엔 노란 창포가 피었다. 물이 몇주째 흐르지 않고 고여 있다.

—

이 연재를 수신하는 편집부 선생님이 마감을 미뤄준 덕분에 단편 원고를 무사히 마감했다. 후반 작업이 많아서 이 원고와 소설 작업을 병행했다면 큰 혼란에 빠졌을 것이다. 원고 마감을 한차례 미룬다는 내용으로 메일을 주고받았는데 '한차례'를 나는 1주일로 계산했고 담당 선생님은 연재 주기인 2주일로 계산했다. 되묻지 않고 고맙게 받아

들여 시간을 잘 썼다. 그나저나 한달이나 원고가 올라오지 않아도 아무도 뭐라고 하지 않는 연재를 하고 원고료를 받는구나. 문학이 이래서 살고 이래서 죽는 거 같다는 생각을 잠깐 했다. 그러나 나는 문학이 뭔지 실은 잘 모른다. 그것이 살고 죽는 게 중요한 일인지도 잘 모르겠다. 문학의 존멸은 내 싸움이 아니다. 내가 오늘 무슨 생각을 했는지, 뭔가를 썼는지, 쓸 수 있었는지가 나는 궁금할 뿐이다. 소설을 쓰며 살다보면 문학이란, 하고 묻는 질문을 반드시 만나게 된다. 이미 있는데 하필 왜 있느냐고 물어 멈추게 만드는 질문을. 누가 내게 그렇게 물으면 나는 일단 그를 의심한다. 개수작 마, 하고 실은 생각한다. 그 질문을 생각하느라고 다른 건 아무것도 생각하지 못한 채 읽거나 쓸 수도 없어 사는 걸 그냥 중단하고 싶은 시기를 보낸 적이 있었다. 그래서 나는 그런 것을 내게 묻지 않는다. 그런 질문에 대답하려고 애쓰지 않는다. 그렇게 묻는 이를 만나면 너는 실은 내 원고나 내 싸움엔 아무런 관심도 없으면서 너의 싸움에서 네가 스스로 찾지 못한 대답을 내게서 가져가려는 것뿐이다, 하고 생각하며 그를 잘 봐둔다.

—

　장정이 매우 아름다운 전집을 선물 받았다. 내지에 온기가 있는데 무슨 종이를 사용했는지 궁금하다. 첫 몇장 지질이 무척 좋아서, 먹어보고 싶었는데 참았다. 한권씩 만져가며 감탄하다가 저자나 번역가가 아닌 다른 작가들의 문장이며 이름이 각권 뒤표지에 붙었다는 걸 알았다. 상심했다. 도움 되는 면이 있으니 이렇게 하겠지마는 해당 책의 저자나 번역가가 아닌 다른 저자의 말을 책의 겉면에서 보는 것을 무척 싫어하는 독자로서 나는 유감이다. 원치 않는 딱밤을 맞는 것 같달까. 나는 내가 좋아하는 책의 저자와 나 사이에 다른 이름과 다른 얼굴이 있기를 바라지 않는다. 표4 뒤표지 문구로 사용할 추천사 청탁이나 추천도서 청탁엔 그래서 가급적 응하지 않는다.

—

　표4는 쓰지 않습니다.

　이 글의 제목을 그렇게 붙였다가 관뒀다. 표4를 쓰지

않는다는 제목을 굳이 생각한 이유는 최근에 표4를 썼기 때문이다. 추천사 작업은 가급적 하지 않습니다,라는 내용으로 다른 책의 표4 문구 의뢰를 거절한 직후 그 청탁을 받았다. 저자의 이름만 보고 심장이 뛰어 거절할 일이 아니라는 걸 알았다. 그래도 하루 고민했다가 쓰겠다고 답신을 보냈다. 단편을 마감하는 와중에 저자의 소설을 다시 읽고 추천사도 마감했다. 우리가 만날 일이 아마도 없어 그렇게라도 사랑을 한번은 고백하고 싶었는데 마음이 앞서 잘되지 않은 것 같다. 다른 독자들의 독서에 큰 방해가 되지 않기를 바랄 뿐이다.

내가 기억하기로 표4를 세번 썼다. 지난번이 2019년이었고 정원 작가의 『올해의 미숙』창비 뒤표지에 그 글이 붙었다. 나는 그 원고를 교토에서 썼다. 마감 날짜를 일주일 뒤로 오해했다가 원고를 언제쯤 보내줄 수 있느냐는 연락을 받고 깜짝 놀라 그날 여행 일정에서 빠지고 숙소에 남았다. 동행한 사람들을 내보내고 가져간 원고를 다다미에 한장씩 내려놓으며 남은 분량을 마저 읽고 삼십분쯤 앉아 있다가 짧은 원고 작업을 했다. 먹구름이 끼어 오전부터 어두운 날이었고 비가 조금 내렸다. 그 숙소는 교토 외곽 서민 주택을 장기투숙용으로 개조한 곳이라서 부엌살림이 딸려 있었고 대로를 벗어나 조용한 주택가에 있었다. 창 아래를 이따금 자전거가 지나가고 우산을 쓴 사람이 지나갔다. 골목 건너편, 무슨 신을 모시는지 알 수 없는 조용한 사찰에 걸린 풍령이 끊임없이 잘랑거렸다. 그 모든 것에서 조금씩 힘을 빌려 그 원고를 썼다.

　『올해의 미숙』의 표4 청탁을 받아들인 이유는 거기 내 동생들이 있었기 때문이었다. 원고를 보는 내내 미숙의 이름에 내 동생들의 이름을 겹쳐 읽었다. 내 동생들도 시루와 한쌍인 '절미'라는 이름의 개를 알고 교복에 배다 못해 절어버린 모기향 냄새와 담배 냄새를 알며 자기 몸 냄새가 되어버린 그 냄새들 때문에 각자가 학교에서 겪은 일을 안다. 개인으로 분리되지 않는 공간과 그 공간에서 몸이 자라는 일과 자기연민에서 발생하는 폭력과 황폐한 내면을 고스란히 드러내는 얼굴과 어딘가를 꼬집히는 기분으로 사람들 속에 서는 기분을, 말없이 밉상으로 존재하는 기분을, 맞으면서도 떠안는 죄책감 같은 것을 안다. 돌보지 못한 동생을 뒤늦게 돌아보는 마음으로 그 원고를 다 읽었고 마음이 아팠다. 미숙의 이야기를 읽어 다행이다 싶었고 응원하고 싶었다.

표4는 쓰지 않습니다,라는 제목으로 내가 하고 싶은 이야기는 실은 다른 것이었다. 내게 표4를 청탁하는 책들의 공통점을 생각해보고 싶었다. 말하자면 가난과 폭력과 학대와 관련된 이야기들. 누군가 가난하고, 가난해서 폭력적이고, 가난한 데다 폭력적이고, 그로부터 폭력과 학대를 겪어 누군가 손상되는 이야기들. 당신이 이것에 대해 가장 잘 쓸 수 있을 것 같아서,라는 내용을 붙이는 청탁도 가끔은 있다. 그런 청탁을 받으면 맞아, 하고 나는 생각한다. 내가 잘 쓸 수 있어. 그런데 쓸 수 있는지를 모르겠어. 그런 생각을 저녁 내내 하다가 표4는 가급적 쓰지 않습니다, 양해 부탁드립니다, 하고 답신을 보낸다.

—

비가 내린다.

저녁으로 먹을 가지를 사오라고 동거인을 내보냈는데 여태 돌아오지 않는다. 채소를 파는 가게가 걸어서 2분 거리에 있는데 그 가게에 오늘 가지가 없나보다. 그러면 동거인은 경의중앙선 역 앞까지 갔을 것이다. 걸어서 십분 걸리는 역 앞에 식자재 마트가 문을 열었다. 공산품과 식료품을 모두 파는 큰 매장이다. 나는 거기 걸린 만국기가 싫어 가지 않는다. 주거용 건물들이 바로 옆에 있는데 마이크와 스피커를 사용해 요란하게 세일을 홍보하는 것도 싫다. 궁금해서 산책길에 한번 들러본 뒤로는 가지 않았다. 동거인은 아무래도 거기까지 간 것 같다.

비가 내리고 밖이 어두운데.

가지가 없으면 그냥 오면 되지.

버섯이 있으니까 버섯이나 다른 걸 먹으면 되지. 동거인과 나는 여행을 늘 같이 다녔고 음식 취향의 변화를 함께 겪어왔다. 우리는 둘 다 가지를 별로 좋아하지 않았는데 여행을 다니면서 좋아하게 되었다. 버섯도 그렇다. 먹어야 하는데 먹고 싶은 것이 아주 없을 땐 버섯과 가지를 선택한다. 그렇지 않을 때에도 버섯과 가지를 자주 먹는다. 가지는 어떤 방법으로 조리해서 먹어도 맛있고 버섯도 종류별로 다양하게 맛있으니까. 버섯, 버섯은 정말 맛있지. 먹어본 버섯 중 가장 맛있는 버섯은 포르토벨로 버섯이었다. 서너해 전에 영국 셰필드를 방문했을 때 처음 먹어보았다. 당시 머물던 숙소의 아침식사 메뉴에 버섯이 있어 버섯을 선택하자 주문을 받으러 온 여성이 버섯을 몇개 먹겠느냐고 물었다. 그런 걸 왜 물을까, 조금 어리둥절한 채로 두개를 먹겠다고 대답했다. 잠시 뒤 앞치마를 두른 여성이 버터에 납작하게 지진 버섯 두개를 접시에 담아 가져왔다. 무척 커서, 두개만으로도 접시를 꽉 채웠다. 그걸 먹은 뒤로는 메뉴에 포르토벨로 버섯이 있으면 그걸 먹었다. 영국의 북쪽 도시 던디에서도 먹었다. 던디의 포르토벨로 버섯은 두개의 번 사이에 패티로 들어가 있었는데 번보다 크기가 컸고 전에 먹은 것보다 맛이 좋았다. 동거인과 프랑크푸르트의 시장이나 런던의 버러 마켓을 돌아다니다가 포르토벨로 버섯을 보곤 했는데 부엌이 없는 숙소에서 그걸 조리해 먹을 방도가 없어 눈으로 보기만 했다. 한국에서는 그걸 먹을 기회가 없어 아쉽다. 동거인은 포르토벨로 버섯을 먹은 적이 없다. 내가 셰필드와 던디 등지에서 포르토벨로 버섯을 먹고 있을 때 동거인은 런던에 혼자 남아 있었다. 동거인은 매일 하이드 파크로 산책을 다녔고, 해도 완전히 뜨지 않은 아침에 자기 발치로 다가온 백조를 사진으로 찍어 내게 보냈다. 백조가 있어. 백조가 커. 백조가 풀을 먹어.

그런데 왜 여태 오지 않을까.

내가 모르는 새 돌아왔나 싶어 동거인의 이름을 불러 보았고 두번 다시 이렇게 하지 말자고 마음먹었다.

대답이 돌아오지 않는데 이름을 부르는, 그런 일은.

사십분이 넘었다.

급히 우산을 챙겨 현관문을 열고 나가다가 동거인을 만났다. 가까운 가게에 가지가 없어 역 앞까지 다녀왔다고 한다. 비가 와서 조심해 걷다보니 시간이 걸렸다고 한다.

내가 전화기를 두고 나왔지 뭐야. 우산을 쥔 채 서로 당황하고 말문이 막혀 바라보았다.

　동거인은 미안하다고 말한다.

　—
　주말.

　화훼농협에서 해당화 묘목 두그루를 사서 심었다. 여름에 꽃을 볼 수 있을까. 줄기가 너무 길고 얇아 파주의 일교차며 바람을 잘 견딜지 모르겠다. 선물로 받은 뱅갈고무나무와 떡갈나무는 잘 자라고 있습니다. 동거인이 출근하기 전에 그 화분들을 바깥에 내다놓으면 오후에 내가 그것들을 안으로 들인다. 나무들이 햇빛을 잘 받아 잎 색이 진하다. 동거인의 화초들도 잘 버티고 있다. 여덟종으로 늘었는데 희고 노랗고 빨간 꽃들이 매일 피고 지는데도 잎이며 줄기가 싱싱하다. 좋은 흙을 사용하니까, 하고 동거인은 생각하는 것 같다. 철원 배추밭에서 나눠 받은 흙이라서 내가 얼른 보아도 저 흙은 보통이 아니다. 하지만 나는 그보다 동거인의 손에 비결이 있다고 생각한다. 동거인은 쉬는 날마다 모자를 쓰고 베란다로 나가 화단을 돌보고 흙을 섞는다. 동거인은 손이 따뜻해서 반죽을 하면 뭐든 맛있다. 같은 원리일 거라고 나는 생각한다.

—

쿠키를 먹는 것처럼 읽을 수 있는 일기를 목적하고 썼다.

내용으로 읽히지 않고 입에서 발음으로 부서져도 괜찮은.

성공했을까.

이렇게 쓰니 좋은데 이제 한차례 남았다.

누가 보고 있나요?

다음이 마지막입니다.

고사리를 말리려고

파주로 돌아오는 길에 번개를 보았다. 수평 방향으로 구름을 타고 번지다가 사라졌다. 사람 일로 상심해 캄캄해진 눈앞을 쪼개는 것처럼 그 굵은 빛이 지나갔다. 가족의 질병과 개를 어르듯 나를 부르는 아버지와 느낌표를 가득 채워 넣은 어머니의 메시지와 문제를 제기하는 것이 문제라는 어느 늙은 문인의 답신과 질문에 반년째 회신하지 않고 있는 출판사를 생각했다. "십년이 넘도록 이 업계에서 살아남은 비결"이 뭐냐는 질문을 받은 적이 있다. 무례한 질문이라고 생각하면서도 마감,이라고 대답했다. 가장 최근엔 비슷한 질문에 비위라고 대답했다. 계속 쓰고자 하는 나를 견디기가 어려워 그렇게 대답했다. 지금은 용기,

라고 대답할 것 같다. 미래엔 늘 그렇게 대답할 것 같다. 이렇게 생각하고 보니 실은 과거의 그것도 다 용기였다는 걸 알겠다.

　발작 상태는 세상의 본성.
　오늘 내가 가지고 다닌 책엔 그런 문장이 있었다. 발작 상태는 세상의 본성, 세방울의 피, 세마디 붉은 말.[1] 세상에 관해 선명하게 말하는 것 같으면서도 세상에 관해 아무것도 말하지 않겠다고 선언하는 것 같은 문장들을 어제와 오늘 천천히 읽었다. 여기까지 쓰면서 문장,이라는 말을 몇번 생각했는지를 생각했다. 나는 이제 문장이라는 말이 싫다. 문장,이라는 말을 하거나 읽거나 생각할 때마다 그걸 멍하게 잡치는 기분이 든다. 문장을 써. 문장,이라고 쓰지 말고 문장을 써. 그게 내가 하고 싶은 일이니까. 오늘 내가 만난 의사는 메모지에 숫자들을 적으며 아홉살 어린이도 요즘은 불면을 호소한다고 말했다. 오늘 내가 만난 약사는 희고 둥근 이것이 항히스타민제냐고 묻는 내게 정말 놀란 것처럼 항히스타민제, 그 말을 어떻게 아느냐고 여러차례 반문했다. 그는 얼마나 자주 그렇게 했을까. 친절하고 천진한 태도로 그가 보는 누군가로 사람을 축약하는 그 일을 그는 얼마나 자주. 약국을 나와서야 그런 생각을 했다. 내가 그에게 적절하게 대꾸했는지 모르겠다. 생각이 느려 말해야 할 순간을 늘 놓친다. 저자 증정본을 한권씩만 남기고 모두 버리고 싶다고 생각하며 책꽂이 앞에 한참 서 있었다. 출간될 때마다 스무권씩 받는데 내게는 너무 많다. 거의 고스란히 남아 있다. 그중 한줄을 전에 몰래 버렸는데 동거인이 그 꾸러미를 주워 내가 모르는 어딘가로 보냈다. 이 집 어딘가에 돌아와 있는지도 모르겠다. 이 집엔 그런 게 몇개 있다.

　　나는 『연년세세年年歲歲』창비 2020가 좋다. 「파묘破墓」로 들어갔다가 「다가오는 것들」로 나온 것이 좋았고 만듦새도 아름다워서 스무권이나 꽂혀 있어도 보기에 괜찮다. 그렇지만 작년 한해 그게 내 마지막 책이 될 거라는 생각을 자주 했다. 더는 소설을 쓰고 싶지 않았다. 연작 원고를 모아 출판사에 보낸 뒤 그 상태가 되었다.

다 사라졌다.

그즈음 일기에 자주 그렇게 적었다. 다른 말 없이, 이틀 연속으로 그것만 쓴 날도 있다. 다 사라졌다. 어제는 그 페이지를 열어두고 뭐가 사라졌을까, 생각했다. 당시엔 뭐가 사라졌는지를 생각할 수 없을 정도로 탈진해 읽고 쓰는 일이, 그중에 특히 쓰는 일이 오로지 견디는 일로 여겨졌다. 쓰는 일이야 대개는 견디는 일이지만 오로지 견딜 뿐이라면 그것을 더는 하고 싶지 않았다.

두려움 때문이었다.

「하고 싶은 말」에 이어 「무명無名」을 쓸 때였다. 원고지 300매 분량을 넘기고도 끝에 이를 조짐이 없어 도대체 이 이야기가 왜 끝나지 않을까, 그런 생각을 하며 지내다가 꿈을 꾸었다. 밤이 깊었고 방은 동굴 속처럼 어두웠고 달빛 때문인지 환한 장지문 근처, 아랫목보다 서늘한 자리에 입은 것도 덮은 것도 없이 사람이 누워 있었다. 나는 그를 보는 눈이었고 그의 마지막 숨을 듣는 귀였고 그의 탄 입술을 드나드는 숨과 까맣게 죽은 피부를 밀어내는 진물의 냄새를 맡는 코였다. 그는 곧 죽을 것 같았는데 계속 숨을 이어갔다. 나는 그 방 가장 안쪽에서 그를 응시하며 그의 고통이 끝나기를 기다렸다. 꿈을 꾸고 일어난 뒤에는 내가 그 방에 다녀왔다고 생각했다. 본 것과 들은 것을 문장으로 전부 써 소설 원고에 붙이고 「무명」의 코어를 그 문단에 두었다. 그 방을 보고 나온 내가 그런 것처럼 이순일도 거길 잊은 적이 없다는 걸 나는 알았다. 이 이야기가 지금껏 끝에 이르지 못한 것은 이순일이 여태 그 방을 숨겼기 때문이라고 생각했다. 이순일은 사과를 받아본 적 없는 사람이지만 용서를 받아본 적도 빌어본 적도 없는 사람인데 그건 그가 스스로를 단 한번도 용서한 적이 없기 때문,이라고 메모를 적었다. 이제 이 이야기를 끝낼 수 있겠다고 생각했다. 「무명」의 싹이 된 이야기들을 내게 들려준 순자씨를 그러고 나서 생각했다.

동생들이.

불에 타서.

굶고.

쏜자야.

쪼그만 게 등에 업혀서 아유 나를 그렇게.

부르고.

나는 내게 무슨 일이 일어났는지 처음엔 알지 못했다. 약간 어지럽고, 구토가 치밀고. 원고를 닫고 바닥으로 내려와 아픈 허리와 등을 누르며 누워 있다가 일어나 물을 마시고 책을 읽으며 저녁이 되기를 기다렸다가 밥을 먹고 산만한 밤을 보내고 이튿날부터 원고를 열지 못했다. 원고를 말 그대로 눈뜨고 볼 수 없었다. 내 작업을 향한 혐오와 두려움 때문에. 매일 손가락만 만지며 지내다가 그때까지 쓴 내용을 단념하고 첫 문단부터 다시 썼다. 이 과정에서 내가 이 소설에 베였다는 걸 알았다. 타인을 상상한다는 것이 전에 없던 강도로 두려웠다.

두시간 넘게 번개를 보고 천둥을 듣고 있다.

이제 자정이 다 되었다. 한강 방향에서 둥글게 터지듯 발생한 번개 뒤에 큰 천둥이 울렸고 인근에 주차된 차들의 도난경보음이 동시에 울리기 시작했다. 금세 꺼지는 것을 보니 사람들이 이 밤에 아무래도 잠을 설치고 있나보다. 천둥이 극심한데 두렵지는 않은지 개구리가 운다. 원고를 화면에 띄워놓고 바라보기만 했다. 불 켜는 것을 잊어 머리 위 천장은 컴컴하고 원고 화면도 주변 빛에 반응해 컴컴하다. 비를 피해 들어온 작은 벌레들이 이 불빛에 어떻게든 달라붙으려고 맴돌고 있다. 나는 기도를 하지 않는다. 어릴 때 길을 잃어 길을 찾게 해달라고 간절하게 기도한 뒤 길을 발견하고 길로 돌아온 적이 있다. 그 뒤로 기도하지 않는다. 그렇게 하고 싶지 않았다. 내가 길을 찾는 방법이 매번 그렇게 된다면 그건 매우 좆되는 길이라는 걸 왠지 알고 있었던 것 같다.

그래도 나는 자주 바란다고 말하고 믿는다고 말한다. 예컨대 당신의 건강을 바라고 사람의 선의를 믿고 굳이 희망하는 마음을 나는 믿는다. 믿어 의심치 않겠다는 믿음 말고, 희구하며 그쪽으로 움직이려는 믿음이 아직 내게 있다. 다시 말해 사랑이 내게 있으니, 사는 동안엔 내가 그것을 잃지 않기를.

천둥 사이에 빌고.

다음이 마지막입니다, 하고 마무리한 원고를 보낸 뒤 담당 선생님에게 그런데 왜 다음이 마지막일까요? 하고 묻는 메일을 받았다. 나는 여덟차례 연재로 알고 있었고 그는 열차례 이상으로 알고 있었던 것 같다. 그러면 두차례 더 써보자고 연락을 주고받았는데 아무래도 이번이 마지막이 될 것 같다. 너무 오래 쓰지 않았고 원고료가 필요했고 소설을 쓰라는 청탁은 아니었다는 등등의 이유가 있지만 연재 제안을 받아들인 이유는 무엇보다도 두려움 때문이었다. 쓰는 일을 두려움 때문에 중단하고 싶지는 않았다.

연재가 이어지는 동안 문장을 계속 쓸 수 있었고 덕분에 소설 한편을 무사히 썼다.

쓰고 싶지 않다거나 쓸 수 있다거나, 아무튼 쓰는 것을 생각하는 일은 쓰지 않는 틈에 일어나는 일이라는 것도 새삼 알았다.

그간 많은 말을 썼는데 정작 하고 싶은 몇가지 말은 숨겼다. 연재 작업을 하는 내내, 이 글은 어디까지 개인적일 수 있을까, 하고 생각했다. 그보다는 내가 어디까지 쓰고 싶은가, 그리고 그보다는 내가 쓰고 싶은 그것은 사실 어느 정도로 개인적인가, 그런 것을 계속 생각했다. 내가 이 연재를 통해 하고 싶은 이야기 중엔 예컨대 이런 것이 있었다. 나의 부모는 네가 이 개똥밭 출신이라는 걸 잊지 말라고 내게 경고한 적이 있다. 나는 출신이라는 걸 생각한 적이 없고 어디든 개똥밭이라고 생각한 적도 없는데 그들은 그런 걸 생각하고 있었다니, 자기 삶을 그런 것으로 여기고 있었다니, 놀랍고 상심했지만 이제 그런 말은 예전만큼 나를 흔들지 못한다. 괜찮지는 않고 여전히 흔들리지만 진폭이랄지 파형이랄지 그런 것을 어느 정도는 내가 조절할 수 있다. 그런 이야기를 하고 싶었다. 나는 가장 가까운 이들의 나쁜 말과 태도와 행동에 영향을 받으며 살고 있을 누군가가 있다는 것을 안다. 그를 향해 당신을 손상시키면서까지 자기가 살고자 하는 이를 거절하고, 멀어지라고, 어떤 형태로든 그를 돌볼 수는 있겠지만 그의 비참을 자기 삶으로 떠안지 말라는 이야기를 쓰고 싶었다. 그러나 그 대신 가물치를 물에 돌려두었다고 썼다. 해당화를 심고 작약을 두고 보았다고 썼다. 그것이 너무나 개인적인 이야기는 아닐까, 너무 이른 이야기는 아닐까, 누군가를 너무 상처 입히는 이야기는 아닐까 망설이다가.

얼결에 구피가 자라는 어항을 관리하게 된 동거인의 어머니에게 수초 두종을 선물로 보냈고 조카들에게 좋은 책상을 사주었다. 구피 새끼들이 몸을 잘 숨길 수 있겠다며 동거인의 어머니가 수초를 반겼다는 이야기를 전해 들었고 조카들이 매우 좋아하며 매일 책상에 달라붙어 있다는 연락을 받았다. 지난여름엔 베란다에 비닐 풀을 놓고 물을 채워 조카들을 놀게 했는데 한낮의 햇빛을 피해 창 안쪽에 앉아 그들을 지켜보다가 30여년 전을 생각했다. 30여년 전의 나는 이걸 몰랐다. 이날 오후를 나는 몰랐고 이런 마음을 몰랐고 이들이 내 삶에 도래한다는 것을 알지 못했다. 올해는 2021년이고 세상은 여전히 복잡하지만 오늘까지가 나는 소중하다. 가수 이효리가 함께 캠핑을 떠난 동료들에게 맛있는 것을 먹이려고 고사리 파스타를 조리하는 모습을 본 적 있다. 고사리를 캐내 찌고 말리는 과정의 수고를 이야기하며 한가닥도 흘리거나 낭비되지 않도록 고사리를 잘 불려 볶는 그의 모습을 보면서, 어른이 된다는 건 무언가에 과정이 있다는 걸 알아가는 일이라는 생각을 했다. 그리고 그 과정을 알기 때문에 그것을 소중하게 여기는 마음도 늘어간다. 용서하지 못할 사람과 차마 용서를 청하지 못할 사람이 늘어가는 일이기도 한데 그건 내가 살아 있어서. 그리고 나는 그게 괜찮다.

　반년 만에 머리를 자르려고 미용실을 방문해 원장과 오래 이야기했다. 빨리 머리가 전부 백발이 되면 좋겠다고 내가 말하자 언니는 당분간 그럴 일 없다, 언니 머리는 그렇게 되지 않을 머리,라고 단호하게 말한다. 내가 그를 처음 보았을 때부터 그는 작은 미용실의 원장이었고 거기가 그의 첫 사업장이었는데 그게 벌써 20여년 전이다. 그와 오래 일한 실장은 몇달 전에 미용 일을 그만두었다. 테슬라의 주가가 두배를 넘어 상승하던 시기에 테슬라 주식으로 이익을 봤고 하는 김에 빚을 내 주식을 더 샀다고 한다. 원장은 본래 바빴는데 이제는 비질을 할 짬도 내지 못해 치우지 못한 머리카락들이 바닥에 흩어져 있었다. 세상이 하도 이러니까 자기만 뭐를 모르는 사람인가, 계속 생각하게 된다고 그는 말했다.

화면으로는 잘 읽을 수가 없어 뉴스는 주간지로 한번 더 읽는다. 지난주 뉴스를 다 읽기도 전에 이번 주 뉴스가 우편함에 당도한다. 포털에 올라오는 뉴스들은 제목을 읽는 것만으로도…… 그러니까 백신 박탈감을 토로하는 인터뷰가 실린 기사 같은 걸 보면 마음이 상하지만 다만 그렇게 생각하는 이의 입에 마이크가 닿았을 뿐이고, 전염병에 취약한 사람들이 먼저 백신을 맞도록 조용히 기다리는 사람이 더 많다는 것을 나는 아니까, 그런 말들로 세상 전체를 전망하지는 않는다. 12월에 브뤼셀과 파리에 올 수 있느냐고 묻는 연락을 받았다. 그때쯤엔 전세계 상황이 좀 나아지지 않겠느냐는 전망과 기대가 포함된 내용이었다. 상황이 된다면 가겠다고 답신을 쓰면서, 저소득 국가의 백신 공급 상황이 개선되지 않는다면 나아질 것이 없다는 생각을 했다. "상황이 된다." 12월쯤엔 전국민 백신 접종을 완료할 수 있는 경제력과 보건행정력을 갖춘 국가의 구성원이 전세계 전염병 상황을 낙관한다는 것은 어떤 일인가, 생각했다.

　　고양이들은 이제 많이 늙어서 하루하루가 다르다. 바닥이 따뜻하면 잠을 잘 자는 것 같아 저녁엔 보일러를 틀어둔다. 햇감자와 오이를 요즘은 자주 먹고. 해당화는 끄트머리 잎이 조금 말랐지만 가지 곳곳에서 가시 같은 빨간 싹이 올라오고 있다. 지난 주말엔 둘째 동생이 자기 집 설거지통에서 싹을 틔운 수세미를 두고 갔는데 조그만 화분에 심어두었더니 동거인과 내가 모르는 사이에 튼실한 떡잎이 두장 올라왔다. 수세미가 쌍떡잎식물이었네, 하고 동거인이 동생들에게 소식을 알렸다. 봄 내내 화초들을 심어 화단을 잘 가꾸었는데 보러 오라고 초대할 사람은 없다.

　　동거인과 나는 그것도 괜찮다.

　　6월 7일.

　　한밤에 책이 쓰러지는 소리에 잠에서 깨곤 한다.

　　책들은 왜 그런 소리를 내며 넘어질까.

　　딱, 하고 쪼개지는 소리를 듣고 잠자리에서 일어나 귀

를 기울이다가 가보면 북엔드로 눌러두지 않은 책이 넘어져 있다. 그러면 나는 흡족해 책을 도로 세워두고 자러 간다. 방금 넘어진 책 속에서 무슨 일인가 벌어졌다고 상상하면서.

크리스티앙 보뱅Christian Bobin의 책을 다 읽고 데버라 리비Deborah Levy의 책으로 넘어왔다. 책을 어떻게 이렇게 아름답게 만들었을까. 이렇게 아름다운 사물을 만들어내는 사람들 때문에 내가.

흔

痕

『헝거: 몸과 허기에 관한
고백』을 읽고

사람은 넘어진다. 어렸을 때부터 넘어지고 다치면서, 누구나 어디에든 흉을 지닌 채 살아간다. 주변 피부보다 약간 짙은 색이거나 빨갛거나 오그라들었거나 부풀어 우둘투둘한 흉. 내게도 있다. 왼쪽 얼굴에 두개가. 둘 중 나중에 생긴 것은 눈에 잘 띄지도 않아서 내게 문제인 쪽은 늘 첫번째, 입술 위쪽에 세로로 남은 흉이었다. 이것은 피부로 덮인 핏줄 같은 파란색이고, 내가 좀더 어렸을 때에는 이보다 더 짙은 파란색이었다.

나는 열두살 때 학교에서 그 상처를 얻었다. 등나무 아래 긴 의자 끝에 서 있다가 뒤에서 누군가 세차게 밀어 바닥으로 떨어졌다. 누군가의 팔에 안겨 양호실로 옮겨지

면서 나를 내려다보고 있는 어떤 얼굴들을 보았고 목소리
들을 들었다. 나는 그들의 대화를 통해 나를 민 소년이 그
들 속에 있고 내가 피를 꽤 흘리고 있으며 내 입이 찢어졌
다는 것을 알았다. 어떡할래. 한 소년이 다른 소년에게 묻
고 있었다. 너 이제 큰일났다 어떻게 책임질래. 내 어머니
가 연락을 받고 학교로 찾아왔을 때 나는 상처에 피투성이
반창고를 붙인 채 양호실에 혼자 남아 있었다. 그대로 조퇴
해 병원으로 갔고 무슨 이유에선지 진료실도 아닌 복도에
놓인 침대에 누운 채 둥근 구멍이 뚫린 초록색 보자기를
얼굴에 덮어쓰고 상처를 꿰매는 시술을 받았다. 바늘로 아
홉땀 정도였을 것이다. 마취를 했는지 여부는 기억나지 않
는다. 했어도 제대로 되지 않았는지 매번 바늘이 피부를 뚫
을 때마다 나는 통증을 느꼈다. 육식조 한마리가 날카로운
부리로 내 입술 위쪽을 쪼고 짓이기는 것 같았다. 일주일
뒤에 실을 제거하러 다시 병원에 와야 한다고 의사가 말했
지만 내 부모는 그 뒤에 병원으로 나를 다시 데려가지 않
았고 검은 실은 내 피부와 엉겨 파란색 흔慎으로 남았다.

　　나를 양호실에 데려다놓은 소년들은 모두 사라져서

누가 나를 떠밀었는지 알아낼 수는 없었다. 나는 가끔 그 소년을 생각한다. 무사히 자랐을까. 어떤 어른이 되었을까. 실수였을까 의도였을까. 어느 쪽이든, 자기와 충돌해 얼굴에 흉을 지닌 채 살게 된 타인에 대해, 가끔은 생각할까.

열두살 이후로 파란색 흉은 내게 일상이 되었고 나는 그게 싫었다. 싫어서 늘 의식했다. 몸의 각 부위에 무게를 먹인다면 내게는 입술 위쪽이 가장 묵직한 부위였다. 내 파란 흉은 너무 파란색이라서 누구나 그걸 알아보았다. 아이들은 눈살을 찌푸리거나 징그럽다고 말했고 어른들은 내 흉을 흠(欠)이라 여기는 태도로 '나중에 깔끔하게 고치면 된다'고 말하곤 했다. 어른들은 고장 나고 흠집 난 물건을 보는 것처럼 내 얼굴을 보았는데 나는 내 얼굴이 바로 그러하다고 느꼈다. 흉하고 징그럽고 깔끔하지 못하게 고장 난 부분, 모두가 알아볼 수 있는 흠, 최소한 그런 부분이 내 얼굴에 있다고 믿었다. 나는 그걸 피해 거울을 피하고 사람들의 시선을 피하고 어른이든 아이든, 내 얼굴을 빤히 쳐다보았다는 이유로 경계하고 원망했다. 또래 아이들의 상대적으로 말쑥해 보이는 얼굴, 그것을 끊임없이 부러워하고 내가 지금 저 얼굴을 가졌다면 어떨까를 상상하며 내 얼굴을 부끄러워하고, 그런 얼굴을 가진 나를 혐오했다. 자기 자신에 대한 은밀한 혐오와 수치심, 그것을 그 전부터 가지고 있었지만 이제 파란색 흉으로 내 얼굴은 완전해졌다, 완전히 흉난 것이 되고 말았다고 생각했다.

어린 시절에 나는 내가 부디 내가 아니었으면, 하는 소원을 품고 자랐다. 모래요정 바람돌이 선물로 가장 받고 싶은 것은 다른 아이의 삶이었다. 지금 내 옆에 있는 아이, 지금 칠판 앞에서 큰 동작으로 판서를 지우고 있는 아이, 지금 소리 지르며 복도로 달려 나간 아이, 지금 거울을 들여다보며 천연덕스럽게 머리를 빗고 있는 저 아이, 누구든 내가 아닌 다른 누군가의 일상을 하루라도.

그 시절 내게 가장 경이로운 타인은 거울 앞에 서서 거울을 똑바로 볼 수 있는 사람이었다. 그렇게 할 수 있다는 것은 어떤 기분일까, 그 삶은 어떤 기분일까. 나는 그게 궁금했고 죽을 때까지 그걸 알 수 없을 거라고 생각했다.

다른 사람의 삶을 바라며 자란 데엔 몇가지 이유들이 복잡하게 얽혀 있었지만 떳떳하지 못하다거나 징그럽다는 생각 때문에 내가 거울과 내 얼굴을 피해 다닌 이유는 한가지였다. 나는 나를 떳떳하지 못하다고, 징그럽다고 여겼다. 록산 게이Roxane Gay는 『헝거』Hunger, 사이행성 2018에서 자신의 삶을 비포와 애프터로 나눈 사건에 대해 말한다. 비포와 애프터. 그렇게 나누기는 어렵지만 성인이 되어서도 상당한 기간 동안 내가 나 자신을 인식하는 데 강한 영향을 미친 순간들이 내게도 있다.

이 글을 쓰려고 내 사촌의 나이를 짐작해보았지만 알 수 없다. 내가 국민학교 5학년이었을 때 그가 이미 고등학생이었으니 나와는 최소 다섯살에서 일곱살 정도의 나이차가 있을 것이다. 그는 스무살 즈음에 타국으로 이민을 갔고 그 뒤로 나는 그의 소식을 거의 듣지 못했다. 그가 한국으로 돌아온 적이 있는지 없는지조차 나는 모른다. 어쩌면 한두번은 돌아온 적이 있고 친척 중 다른 누군가에게는 연락을 했을지도 모르겠다. 어쨌거나 한국을 떠난 이후로 그가 내게 연락한 적은 없다.

그는 한국에 남은 사촌들 사이에서 가장 나이가 많았다. 모두의 오빠, 형이었고 우리 중에서 가장 현명한 사람이었으며 대장이었다. 그는 내가 아주 어렸을 때부터 내 몸을 도구 삼아 놀았다. 어른들이 없는 공간에서, 놀아주고 돌봐달라고 맡겨진 공간에서 그는 내 몸을 만지고 자기 몸을 내게 만지라고 요구하면서 자신의 충동과 호기심을 만족시켰다. 그런 일은 그가 내게 삽입을 시도한 밤 이후로 중단되었다.

여성들이 자신이 겪은 성폭력에 관해 진술할 때 사람들이 의심하곤 하는 대목은 바로 어제 일어난 일도 아닌 일을 어떻게 그렇게 세세하게 기억하고 있느냐는 점이다. 3년 전, 6년 전, 10년 전 기억의 디테일이 너무 상세해 여성들의 진술은 꾸며낸 것, 악의를 담은 거짓이나 망상이나 소설이라고 의심받는다. 그렇지만 나는 그 밤을 기억한다. 끔찍하고 낯선 통증 때문에 내가 잠에서 깨어 내 몸을 무겁게 누르고 있던 사촌을 발견한 순간을. 그 어둠과 바로 곁에 누운 채 잠든 다른 사촌들의 존재감과 그 방의 냄새를.

내가 잠에서 깼다는 것을 알아챈 그가 어떤 방식으로 내 몸에서 내려갔는지를. 내가 뭔가를 눈치챘으며 그 뭔가를 눈치챘다는 것을 사촌에게 들키지 않으려고 그 뒤로도 한 동안 숨을 죽이고 누워 자는 척했던 것을. 이제 막 잠에서 깬 척하며 일어나 다른 사촌들을 깨우지 않도록 조심하며 그 방을 빠져나왔던 것과 욕실에 불을 켜고 변기에 앉아서 다리 사이로 변기에 고인 물을 내려다보았던 것을. 그렇게 아팠으니 이제 곧 피가 떨어질 거라고 믿었던 것을, 피가 떨어지기를 기다리며 아래쪽을 내려다보는 동안 내가 본 것과 내가 느낀 것을 나는 기억한다. 그때 나는 일곱살이었다.

여자아이는 자신의 성기와 가슴을 언제 자각할까. 그것을 어떻게 자각할까. 내가 내 성별을 글이나 그림이 아닌 피부로, 몸으로 자각한 순간들은 대개 폭력과 관련되어 있었다. 앞서 말했듯 나는 내 성별이 여성이라는 것을 매우 이른 나이에 아주 난폭한 방식으로 자각했으며 그 뒤로도 온갖 곳에서 말로, 원하지 않는 접촉으로 그걸 겪었다. 내

176

몸을, 내 성별을, 말하자면 내 몸이 여겨지는 방식을. 여자아이들은 그런 일을 겪는다. 일개인일 뿐인 내가 그것을 다 어떻게 아느냐고? 여자아이들은 안다. 록산 게이의 말 대로 "소녀들은 어린 시절부터 배운다."_{32면}

　　수십년 동안 사촌과의 일을 내가 지은 죄처럼 떠안고 있으면서도 나는 그 일이 아이들의 호기심 때문에 벌어질 수 있는 일, 남자아이와 여자아이 사이라서 있을 수 있는 일이라고 생각해왔다. 그렇게 말하는 어른들이 있고 그렇게 말하는 소설들이 있고 그렇게 말하는 영화들이 있다. 그 말들이 '어린' 시절의 '호기심'이라고 일컫는 욕망들이 실은 쌍방의 욕망이라기보다는 일방의 욕망이며 호기심이라는 것을 나는 최근에야 생각해볼 수 있게 되었다. 남자아이들이 주도하는 모험에서 여자아이들은 만져지고 꿰뚫린다. 남자아이들이 호기심을 충족하기로 마음먹고 모험을 행할 때, 가장 가까이 있는 여자아이가 대상이 된다. 남자아이들은 '어린아이다운' 호기심을 충족하고 '모험'을 완성하지만 여자아이들은 남에게 말하지 못할 수치로 그 일을 기억에 남긴다. 일곱살에 겪은 일을 마흔이 넘어서도 잊지 못한다.

미투가 시작되고 여성들의 이야기가 이어질 때 나는 이제 시작이라고 생각했다. 친족 간 성폭력, 내가 겪은 것과 닮은 사건들도 이제 말해질 것이다. 없을 리가 없을 테니까 말이다. 그것이 언제 시작될까 얼마나 쏟아질까 왜 여태 이랬을까. 그러나 친족 간 성폭력나는 내가 이 말을 두번 했다는 것을 셈하고 있다, 그 영역에서는 여전히 침묵이 압도적이었고 나는 그 때문에 초조했고 가슴 아팠다. 없을 리 없는 일에 관한 말이 너무 없으니 적어도 한가지는 분명했다. 거기에 말하지 못하는 누군가가 있다.

　네가 이런 걸 하고 싶어하니까 내가 이렇게 한다.
　내 사촌은 내게 여러번 그렇게 말했다. 아이들끼리 남겨졌을 때 그는 자신의 놀이에 나를 끌어들였고 놀아주는 대가로 나를 만지기를, 내가 자기를 만져주기를 바랐고 능숙하게 상황을 그렇게 유도했다. 내가 최초로 잡아본 페니스가 사촌의 페니스였는데 그때 나는 늘 겁먹고 징그러워 손을 뒤로 빼고 울었지만 결국엔 그의 손에 이끌려 그걸 손에 댔다. 그의 말에 따르면 그 일은 내가 원하는 일이었고 나 때문에 하는 일이었고 내 욕망이었다. 마지못해 요구에 응해주는 척하며 내 사촌이 늘 덧붙이는 말이 있었다. 커서 뭐가 되려고.

내가 자라며 그 말을 셀 수도 없이 곱씹었다는 걸 말할 필요가 있을까. 나는 성장기 내내, 어린 시절 '내 놀이'에 대한 수치심과 죄책감에 시달렸다. 당시에 내가 어렸다는 사실은 내게 위안이나 도움이 되지 못했고 오히려 더 비참하고 수치스럽게 여겨지는 조건이었다. 어린 게…… 커서 뭐가 되려고.

이런 걸 말해도 되는 걸까. 이런 글을 쓰고 나면 작가로서, 록산 게이가 『헝거』에서 걱정한 것처럼 이 경험을 바탕으로 비좁게 소비되는 것은 아닐까. 이 글은 그러니까, 이것을 읽은 누군가에게는, 이전의 내 모든 소설과 앞으로의 소설을 읽을 때마다 달라붙는 글이 되지는 않을까. 내 모든 글이 이 경험을 기반으로 읽히지는 않을까.

그러나 지금 내 삶은 그 일의 결과가 아니다. 그것 말고도 다른 일들이 내 삶에 있었고 나는 삶과 읽기와 쓰기를 통해 조금씩 학습하면서 본의든 아니든 조금씩 변해왔다. 그 일은 내 전부가 될 수 없다. 거울은 여전히 내게 문제이지만 중요한 문제는 아니다. 나는 이제 내 얼굴의 흔을 흉으로 생각하지 않는다. 어린 시절의 나를 탓하지 않는다. 그 일들을 내가 원했다고도 생각하지 않는다. 시간이 흐르면 저절로 이렇게 된다고, 결국엔 무감해지고 괜찮아진다는 이야기가 아니다. 내 경우엔 만날 때마다 그 시절을 떠올리게 만드는 친척들과의 왕래를 뒤늦게나마 중단한 것이 도움이 되었다. 내가 겪은 어려움이 그것만은 아니었다는 점도 도움이 되었을 것이다. 내가 커서…… 바벨을 데드리프트로 하루에 백번씩 들었다 내리는 소설가로 살고 있다는 점도 도움이 되었을 것이며 내 키보드와 고양이와…… 만화책을 포함해 내가 여태 읽은 책들과 앞으로 읽을 책들에 대한 기대가 내게 도움이 되었고 그리고 무엇보다도 록산 게이가 『헝거』에서 말한 바와 같이 "아름다운 체리 파이"245면를 만드는 것, 그런 즐거움을 내가 알며 그 아름다움을 나누고 싶은 사람들과 살아가고 있다는 점, 그것을 내가 운 좋게 알고 있다는 점이 내게 도움이 되었다.

그러나 그 순간들을 잊은 적은 없다.

나는 성인이 되고 나서도 한참 뒤에야 그 일을 말할 수 있었다. 어느 순간 문득 말하기 시작했고 말하고 나서야 나는 내가 그 일을 말하고 싶어했다는 것을 알았다. 그 일을 얼마나 말하고 싶어했는가도.

내 사촌, 그가 어떤 삶을 살고 있을지를 나는 이따금 생각한다. 어렸을 때에는 이보다 자주 생각했고 그보다는 뜸하지만 요즘도 여전히 생각한다. 어떤 집에 살고 있을까. 어떤 직업을 가지고 있을까. 우연히 듣기로는 여성과 결혼했다는데 그녀는 어떤 사람일까. 지금이라도 그 집으로 전화를, 번호를 내가 알아낼 수 있다면 말이지만, 비교적 쉽게 알아낼 수 있을 텐데, 국제전화를 걸어 내가 누구인지를 말하고 그 일들을 내가 모두 기억하고 있다고 말하면 어떤 반응을 보일까. 나와 그 일들이, 당신의 삶에 영향을 주었느냐고 묻는다면 그는 어떤 대답을 할까.

친족 간 성폭력을 겪은 당사자에게 고통스러운 점은 현실에서 관계가 끝나지 않는다는 점이다. 가해자와 그 주변인들이 곧 내 친척이고 부모 형제다. 가해자와의 관계가 있고 그것이 이어진다. 관계를 단절하기가 어렵고 관계가 단절될까봐 두렵다. 누구에게도 말하지 않는다. 말할 수 없다. 나는 내가 어렸을 때 겪은 일을 한두해 전에야 내 부모에게 말할 수 있었다. 친척들과의 관계에서 내가 조금 더 다정해지기를, 조금 더 편하고 친밀하게 굴기를 요구하는 내 집 어른들에게, 어렸을 때 내가 그런 일을 겪었으므로 그들은 내게 편한 사람일 수 없다고, 내게 다정을 요구하지 말라고 나는 말했다.

무슨 작정을 한 것도 아니었고 비 오네, 바람 부네, 하듯 문득 나온 말이었지만 즉시 대화는 끝났고 그 뒤로 우리가 서로 그 일에 관해 말한 적은 없다. 어른들의 침묵을 씁쓸하게 목격하면서 나는 조금 안도했던 것 같다. 다행이다. 지금 말해서. 어렸을 때 말하고 이런 반응을 접했다면 견디지 못했을 것이다.

록산 게이의 『헝거』에 관해서는 거의 아무것도 말하지 않은 이 글은 『헝거』, 그것을 읽었기 때문에 쓸 수 있었다. 그 말들을 읽어버렸기 때문에. 말하자면 이것은 어떤 책에 대한 리뷰라기보다는 어떤 말에 대한 반응이자 응답일 것이다. 『헝거』에 관해 뭔가를 쓴다면 그렇게 쓸 수밖에 없다고 생각했기 때문에 처음부터 청탁을 거절하고 싶었다. 『헝거』는 추천사를 쓴 정희진 선생의 말 그대로 자서自敍이며, 어떤 종류의 자서엔 자서로 응답할 수밖에 없다. 그것을 감당할 수 없다는 내용으로 답신을 쓰다가 무슨 생각에선지 무심코 뒤적인 그 책에서 그 말을 읽지 않았다면* 나는 이 글을 쓰지 않았을 것이다.

"내 잘못이 아니라는 것을 알았다면."34면

어떤 사람들에겐 결코 심상할 수 없고 평범할 수 없으며 지나가는 말이 될 수 없는 말. 그 말을 읽은 덕분에 나는 이 글을 썼다. 그리고 굳이 이 말을 하고 싶어서. 그 수치심은 당신의 몫이 아니라고. 당신의 잘못이 아니라고.

아니라고.

---

* 그리고 동생들이 이 글을 쓰는 데 동의하지 않았다면.

당신의 잘못이 아니다.

일기

日
記

7월 1일.

삭제.

7월 4일.

삭제.

7월 12일.

쓰지 못한 답신을 생각하고 있다.

2018년 봄에 책 한권을 읽고 리뷰를 써달라는 청탁을 받고「痕痕」을 썼는데 원고를 마감하자마자 메일을 한통 받았다. 내게 원고를 청탁한 사람이 보낸 편지였다. 원고를 바로 읽어주었다는 것만으로도 기뻤지만 바로 답신하지는 못했다. 해야 할 일을 적은 목록에 답신,이라고 적어놓고 해야 할 일로 계속 미루며 해를 넘겼다.

　당신을 많이 생각했다는 답신을 쓰고 싶었는데 쓰려고 마음먹을 때마다 말이 넘쳐 쓸 수 없었다. 왜 내게 그 원고를 청탁했는지, 그게 내게 어떤 작업인지를 짐작하고 있는지, 나는 그런 게 궁금해서 청탁을 받은 직후부터 원고를 쓰는 내내 당신을 많이 생각했다고 답신하고 싶었다. 그렇게 계속 당신을 생각했기 때문에 그 원고를 쓸 수 있었다고.

　가장 하고 싶은 말은 고맙다는 인사였다. 그 이야기를 쓰는 동안 나는 내가 겪은 일이 나를 먹어치우지 않도록 생각을 가다듬을 수 있었다. 그게 실은 내게 필요한 일이었다는 걸 그 원고를 쓰며 알았다.

　그런 것을 간단하게 적을 방법이 없어 늘 다음으로 미루고 있다.

3년째 답신하지 못했다.

나는 큰고모를 닮았다. 중학교 졸업을 앞둔 겨울에 그걸 알았다.

큰고모는 내가 아주 어릴 적에 가족과 함께 미국으로 이민을 갔다. 다른 고모들에게 듣기로는 이민을 그가 몹시 원했다고 한다. 그 집안 장남과 차남인 남동생들의 빈번한 사업 시도와 실패에 더는 말려들 수 없다는 결정을 했기 때문일 거라고 나는 생각하고 있는데, 그러하냐고 물은 적은 없어 사실은 어땠는지 모르겠다.

1991년은 큰고모가 이민을 강행한 뒤 처음으로 한국을 다녀간 해였다. 큰고모가 한국에 왔다는 연락을 받고 그를 만나러 가서 나는 나와 똑같이 생긴 사람을 보았다. 나를 보자마자 일어나서 울기 시작한 그에게 안긴 채 나는 어쩔 줄 몰랐다. 세상에 이 정도로 나와 닮은 얼굴이 있다는 걸 어떻게 받아들이고 어떻게 생각해야 할지 알 수 없었다. 미래에서 온 나와 포옹하고 있는 것 같기도 했다. 큰고모는 그날 공항시장 입구에 있던 헌트 매장으로 나를 데려가 소매와 목깃에 코듀로이를 댄 겨울 코트를 두벌 사주었다. 한벌은 내가 입고 다른 한벌은 동생이 입었다. 처음엔 내 몸에 너무 커서 담요를 덮어쓴 것 같은 모양으로 코트를 입고 다녔는데 해가 갈수록 소매가 짧아져 더는 입을 수 없게 되었다.

내가 국민학교와 중학교를 다닐 때, 우리 가족은 발신인란에 스프링필드 주소지가 적힌 편지를 받곤 했다. 딱히 우리 중 누군가를 향한 용건이 적혀 있지는 않았고 미국 남동부 도시에서의 생활을 짧게 기록한 일기 같은 것이었다. 잘 지내느냐고 묻고, 여기선 잘 지내고 있다는 문장들로 시작하는 안부. 발신인은 대개 큰고모의 자식인 딸과 아들이었고 그들이 부모의 말을 받아 적거나 본인들의 안부를 편지에 적어 보냈다.

편지를 보낸 친척은 무슨 마음이었을까. 이제 와 그런 걸 생각해본다. 그들의 생사를 알고 그것을 궁금하게 여기며 그들이 안전하기를 바라는 사람은 아무래도 거기보다는 여기 있었을 테니까, 그래서 딱히 답신하는 이도 없는 주소지로 소식을 전하곤 했을까. 답신한다기보다는 해외로 항공우편을 보내는 경험에 설레어 내 쪽에서 한두번 답신을 보낸 적은 있지만 왕래가 이어지지는 않았고 어느 해부턴가 편지는 오지 않았다.

이런저런 일들 끝에 친척들과 연락을 끊고 지낸 지 이십년이 넘었는데 큰고모의 아들인 N이 나를 보러 온다고 했다. 2018년 9월, 뉴욕으로.

그해 내가 한국문학번역원의 초대로 뉴욕 브루클린에서 열리는 북페스티벌에 참가하게 되었는데 소식을 전해들은 그가 나를 보러 오겠다는 연락을 해 왔다. 내가 너무 어릴 때 그가 부모를 따라 이민을 가는 바람에 내게는 그와 관련된 기억이 많지 않았다. 큰고모 가족을 따라 줄줄이 이민을 간 친척들과 한국에 남은 친척들이 돈이나 도움을 청할 때마다 그가 어떻게든 도왔으며, 그렇게 큰고모가 한국에서 한 일을 젊을 때부터 그가 미국에서 했다는 소식 정도를 들어 알 뿐이었다. 듣기로는 좋은 직장을 다니다가 은퇴했고 모국 정치상황에 보수적인 견해를 가지고 있다고 했다.

　　나는 그를 25년 전 한국에서 마지막으로 보았다.

　　그때 나는 걷지 못해 업혀 다닐 정도로 건강이 좋지 않았다. 몸무게가 30킬로그램대로 내려갔고 깨어 있을 힘이 없어 하루 중 대부분을 잠을 자며 지냈다. 나의 부모는 내 상태가 악화되어도 병원에 데려갈 엄두를 내지 않았다. 당신들도 자기 몸 상태를 돌보지 못하는 상황이었다. 당시 우리 가족에게 의료보험이 없었다는 점도 그들을 크게 위축시켰을 것이다. 그 대신,이라고 생각했는지 아버지는 자주 나를 식당으로 데려가 고기를 먹이려고 했고 그게 내게는 큰 고역이었다. 아버지가 고기 쌈을 싸서 내 입에 넣어 주면 나는 그걸 물고 있다가 몰래 뱉었다. 음식을 씹을 힘이 없었고 뭘 입에 넣고 있으면 턱이 무겁고 아파 구토가 났다.

　　N이 고기를 사겠다며 아버지와 나를 당시 살던 집 근처로 불러냈을 때 그래서 나는 싫었다. 어차피 먹지 못할 음식을 먹으러 거기까지 나가야 한다니. 생각만으로도 고

단했지만, 먼 데서 온 친척을 마지막으로 만난다고 생각하며 약속 장소로 갔다. N이 먼저 와 기다리고 있었다. 어릴 때 얼굴을 얼마간 간직하고 있어서인지 나는 그와 마주 앉는 게 어색하거나 불편하지는 않았다. 다만 몸을 가누기가 어려워서, 아버지와 그가 대화를 나누는 중에 자주 엎드렸고 손이 떨려 젓가락질을 단념하곤 했다.

N은 내가 어떻게 보인다거나 걱정이 된다고 말하지는 않았다. 그냥 가만히 나를 보았다. 가슴 아파하고 있다는 걸 알 수 있었다. 아픈 외사촌을 보느라고 식사를 제대로 하지 못하는 그를 보면서 다정하고 마음이 여린 사람이구나, 하고 나는 생각했다.

그날의 기억 때문에라도 그를 딱히 만나기 싫은 사람이라고 생각한 적이 없는데, 만나러 온다는 소식을 듣자마자 그것 때문에라도 뉴욕행을 취소하고 싶었다. 지도를 들여다보며 그가 산다는 도시와 뉴욕 간 거리를 쟀다. 너무 머니까 무리해서 오지 말라는 메시지를 전하자 미국에서 그 정도 거리는 먼 거리가 아니라는 답신이 돌아왔다. 체류

기간이 짧고 행사가 많고 일행이 있어 느긋하게 만나기가 어려울 것 같다는 둥 완곡하게 거절을 했는데도 그는 괜찮다고, 만나러 오겠다고 했다. 나는 그를 만날 수가 없어서, 아무래도 만나기가 어렵다, 만날 수 없다는 답신을 전했고 그걸로 그와 나의 연락은 다시 끊어졌다.

기어코 그렇게 거절했으면서, 맨해튼과 퀸즈 등지에서 행사가 있을 때마다 나는 그를 찾았다. 그가 와 있을지도 모른다고 생각하며 객석에 앉은 사람들 얼굴을 유심히 보았다. 행사 하나가 끝날 때마다 진이 빠지고 기분이 가라앉아서 기운을 내기 위해서라도 저녁마다 산보를 나서야 했다. 귀국을 앞둔 마지막 밤에 숙소로 돌아와서야 나는 내가 너무 젊은 얼굴을 찾고 있었다는 걸 알았다. N은 이미 육십대인데, 나는 내내 20여년 전에 본 그의 얼굴을 떠올리며 그를 찾았던 것이다.

해외 일정이 있을 땐 따로 숙소와 교통편을 잡아 보름에서 한달 정도 더 머물다 오곤 하는데 그해 뉴욕에서는 일정을 마친 뒤 바로 귀국행 항공기를 탔다. 항공기가 JFK

공항 활주로를 달리다가 마침내 떠올랐을 때, 두 발이 그 땅에서 떨어져 날아올랐다는 것을 느낀 순간부터 눈물이 났다. 슬퍼서가 아니고 긴장이 풀려서였다. 마음이 빈 것 같았는데 눈물이 그치질 않아서 내가 그 정도로 긴장하고 있었다는 것도 그때 알았다.

N은 내가 만나고 싶어하지 않는다는 것을 알아챘을 것이다. 서운했을까. 이제 육십대인데, 누가 보아도 노인의 모습을 하고 있을까. 백발일까. 그는 이제 어떤 사람일까. 수십년을 미국에서, 젊었을 때부터 가난하고 대책 없는 가족을 거느린 가장 노릇을 하면서, 대체 어떻게 살아왔을까. 뒤늦게 그런 걸 생각했지만 끝내 그를 만나지 않았다는 데 깊이 안도했다. 그를 정말 만나고 싶지 않았기 때문이 아니었다.

말하고 싶었기 때문이었다.

그를 보자마자 내가 그 이야기를 할 거라는 걸 나는 알고 있었다. 여전히 그의 이웃으로, 가족으로 그 나라에 살고 있으며 그의 외사촌 동생이기도 한 내 사촌이 어린 내게 저지른 일을, 그 이야기를 내가 할 것 같았고, 나는 그에게 그렇게 하기가 싫었다.

그럴 기회가 없어서 다행이라고 생각했다.

「흔」은 내가 N에게 말하지 못한 그 일을 기록한 산문이고, 그에게 말하지 못한 것과 같은 이유로 나는 「흔」을 산문집에 실을지 말지 망설였다. 사람들을 다치게 하고 싶지 않았다. 내가 왜 이것을 말하고 싶어하는지를 거듭 고민하고, 말하고자 하는 내 욕망 자체를 의심했다. 하지만 내가 무엇을 고민하고 어떻게 의심하든, 「흔」은 산문집에 실릴 것이다. 오해가 생길 수도 있는 두 문장을 제외하고는 수정 없이, 잡지에 게재된 그대로 두었다. 다시 읽으니 여러모로 부족하지만 이제는 손을 댈 수 없다. 그런 원고들이 있다.

8월 7일.

대퇴근막장근을 다쳤다.

3킬로미터를 6분대로 달리고도 별로 벅차지 않고 더 빠르게 달릴 수도 있을 것 같아 하하, 하고 속도를 높였다가 투둑, 터지는 소리를 들었다. 움직일 수가 없어 한동안 땀을 흘리며 서 있었다. 이미 3킬로미터를 달렸고 거기서 집으로 돌아가려면 다시 3킬로미터를 가야 하는데 제대로 걸을 수가 없어 한시간 걸려 돌아왔다. 통증 때문에 토할 지경이라 병원을 찾아갔더니 당분간 운동은 쉬라고 한다. 운동을 완전히 중단할 수는 없고 그러면 슬로 버피를 해도 괜찮겠느냐고 묻자 그게 뭐냐고 의사가 반문했다. 그게 뭐냐면, 하고 정형외과 진료실에서 슬로 버피를 한차례 해보았고 하지 말라는 대답을 들었다.

스트레칭을 꾸준히 해서, 어제는 오랜만에 달리러 나가 4킬로미터를 달렸다.

더위가 지독해 수세미와 제라늄 잎이 탔다.

동거인은 자꾸 집 안에서 사라진다.

소설 한편을 써야겠다고 생각하고 있다.

| 작가의 말 |

어떤 날들의 기록이고

어떤 사람의 사사로운 기록이기도 해서, 그것이 궁금하지 않은 독자들이 잘 피해갈 수 있도록 '일기日記'라는 제목을 붙여보았습니다.

다시는 쓰지 않을 글과 몇번이고

고쳐 쓸 글 속에

하지 못하는 말을 숨기거나 하면서 그래도

여기 실린 글을 쓰는 내내 즐거웠습니다.

문학을 주어로 두지 않고 목적으로 두고 살아온 지

난 시간 동안

문학을 나는 늘 좋아했고 그것이 내게는 늘 최선이었습니다.

창비의 황혜숙 선생님의 설득으로 산문을 쓸 용기를 낼 수 있었고

이진혁 선생님의 편집과 조언으로 연재를 이어갈 수 있었으며

동거인의 솜씨와 동생들의 질문과 한국화훼농협의 식물들 덕분에

연재를 무사히 마칠 수 있었습니다.

원고를 돌아보는 과정에서 특히 이진혁 선생님이 많은 것을

같이 고민해주었습니다.

고맙습니다.

롤링페이퍼에 응원 메시지를 남겨준 분들에게도 감사 인사를 전합니다.

사랑한다고 말할 수 있는 그 마음들을 나도 사랑합니다.

다들 평안하시기를.

일기日記

1) 「G20 '코로나19' 공동선언문 채택… "바이러스에 국경 없다"」, 한국경제 2020.3.26.

2) 미국 노스캐롤라이나주 보건장관의 말. 「'재즈의 대부' 목숨 앗아간 코로나19도 '인종차별?'」, KBS 2020.4.9.

일년一年

1) 「"인간의 자연수명은 38년"… DNA가 말했다」, 한겨레 2020.1.9.

미안하다고 말하지 않는다

1) 1989년 한국 방영 당시 주제가 가사.

2) 「63년만에 자녀체벌권 삭제된다…민법개정안 법안소위 통과」, 국민일보 2021.1.7.

3) 「'정인이 사건' 3차 출동 경찰관 5명 전원 중징계···정직 3개월」, 뉴스1 2021.2.10.

4) 행정안전부가 새로 발간한 「2021 주민등록 질의·회신 사례집」엔 경찰서에서 발급한 '사건사고사실확인원'을 "가정폭력 피해사실을 소명할 수 있는 서류"로 볼 수 있다는 내용이 추가되었다[8절 279항]. 그러나 여전히 피해자는 1호부터 3, 4, 5호까지의 증거서류를 함께 제출해야 한다. 증거들이 인정되어 교부가 제한되더라도 '가정폭력행위자'인 가해자는 자료만 갖추면 피해자의 주민등록표 초본을 교부받을 수 있다. 이어지는 8절 280항엔 가정폭력행위자가 피해자의 초본을 교부받는 것이 어떻게 가능한지를 설명한다. 나는 280항에 적힌 내용이 '사례집'에 질문과 회신으로 작성되었다는 것 자체를, 피해자의 정보를 알아내려는 시도들이 빈번했다는 증거로 여기고 있다.

5) "또한, 가정폭력의 특성상 가해자의 경제적, 심리적, 물리적 통제로 인해 피해자가 의료기관에서 진료를 제대로 받지 못하는 경우도 부지기수다. 이 때문에 많은 피해자는 추가 소명자료를 확보할 수 없어 주민등록 열람제한제도를 활용하지 못하고 있다." 「가정폭력 피해자의 생존권 보장을 위해 주민등록 열람제한 절차를 간소화하라」, (사)한국여성의전화 2021.2.4 화요논평,

책과 책꽂이 이야기를 쓰려고 했지만

1) 「군, 변희수 전 하사 사망 소식에 '침묵 속 애도'」, 연합뉴스 2021.3.3.

2) "(…) 그는 기자에게 '어떤 죽음은 숫자로만 나타나서 슬프지 않나. 성소수자의 죽음은 숫자로도 안 나타난다. 이들의 존재가 기록으로 남으면 좋겠다'고 말했다. 차별과 혐오에 힘겨워하며 삶을 포기하려는 성소수자에게는 '당신들이 살아 있는 것만으로도 누군가에게는 희망이 될 수 있다'고 말해줬다." 이보라 「"당신들이 살아 있는 것만으로 희망"이라고 말했던 사람마저」 경향신문 2021.2.25.

3) "인권위는 이에 긴급구제 결정을 내리고 육군본부에 전역 심사위원회 개최를 3개월 연기할 것을 권고했으나, 육군은 전역 심사를 강행, '남성의 음경과 고환을 지니지 못한 점이 장애에 해당한다'며 변 전 하사를 심신장애 3급으로 판정하고 강제 전역 조치를 결정했다. 이에 변 전 하사는 다시 심사해달라며 육군본부에 인사소청(인사 등 처분에 대한 재심사)을 제기했으나 지난해 7월 기각됐다. 변 전 하사는 그러자 대전지법에 강제전역을 취소해달라는 행정소송을 제기했고, 올해 4월 15일 첫 변론을 앞둔 상태였다. 생전 변 전 하사는 '다시 싸울 것'이라며 강력한 의지를 피력한 바 있다." 「"다시 싸우겠다"던 변희수 전 하사, 청주 자택서 숨진 채 발견」 한국일보 2021.3.3.

4) 「미얀마 사이클론 사망자 10만명 넘었다」, 한겨레 2008.5.8.

목포행木浦行
1) 이주현 「"나의 사랑하는 사람은 왜 함께 오지 않았나", 황정은 인터뷰」, 교보문고 북뉴스 2019.2.11.

2) 「세월호 유가족, 구의역 사고 김군 가족 위로…서로에게 "미안하다"」, 한겨레 2016.6.2.

3) 416세월호참사 작가기록단 『그날이 우리의 창을 두드렸다』(창비 2019)의 낭독회(2019.4.9)에서 인용.

4) 「세월호, 목포신항배후부지에 영구 거치」, 한국해운신문 2020.8.18.

5) 「세월호 선체 거치 장소…'목포'로 확정」, MBC 2020.8.18.

6) 「"세월호 수사에 외압 없었다" 특수단 최종 결론」, 국민일보 2021.1.19.

7) 「합참 "北발사체, 초대형 방사포 추정…비행거리 380km"」, 뉴스1 2019.11.28.

산보

1) 「공원서 한국계 노부부 얼굴 가격한 미 남성, 증오범죄 혐의로 체포」, 서울신문 2021.4.21.

2) 서울시장 오세훈은 2021년 7월 5일, 광화문광장에 설치된 기억공간을 철거하겠다고 발표했다. 유가족들은 이에 반발하다가 7월 26일, 기억공간을 자진 해체해 서울시의회로 임시 이전했다. 이보다 앞선 5월 17일, 전라남도 진도군청은 팽목항에 상주하는 세월호 희생자 유족에게 팽목항에 설치된 세월호 기억관을 자진 철거하라는 공문을 보냈다. 「서울시 "기억공간 26일 철거" 통보…"세월호 지우기" 반발」 YTN 2021.7.15; 「잠시 떠나는 '세월호 기억공간'…유족 "철거 아닌 협의해보자는 뜻의 '해체'" 투데이신문 2021.7.27; 「팽목항마저…지워지는 '세월호 추모'」 한겨레

2021.7.28.

고사리를 말리려고

1) 크리스티앙 보뱅 『작은 파티 드레스』, 이창실 옮김, 1984Books
   2021, 35면 40면.